코로나19 보건소의 추억

등불은 그 자체로 빛난다

등불은 그 자체로 빛난다

초판 발행 | 2021년 3월 25일

지은이 | 손정학
펴낸곳 | 도서출판 학이사
      출판등록 : 제25100-2005-28호
      주소 : 대구광역시 달서구 문화회관11안길 22-1(장동)
      전화 : (053) 554~3431, 3432
      팩스 : (053) 554~3433
      홈페이지 : http : // www.학이사.kr
      이메일 : hes3431@naver.com

ISBN _979-11-5854-292-4 03810

코로나19 보건소의 추억

등불은 그 자체로 빛난다

손정학 지음

學而思|학이사

2020년 대구의 봄은 잔인했습니다. 전대미문의 감염병이 대구를 처절하게 짓밟았습니다. 봄이 오는지 가는지, 도시의 거리는 텅 비었고 사람들의 마음에는 두려움만으로 가득 찬 날들이었습니다. 그러나 이런 상황 속에서도 대구 사람들은 절망하지 않고 더 새로운 희망을 꿈꾸는 기적을 보였습니다. 나보다는 내 이웃을, 우리 모두를 위하는 그 마음들이 모여 지금은 K-방역의 중심에 서게 되었습니다.

우리 인간은 태어나면서 누군가의 관심 속에서 스스로 사명감을 가지게 된다고 합니다. 루소는 "식물은 재배함으로써 자라고 인간은 교육을 함으로써 사람이 된다."고 했습니다. 이 말처럼 사람은 부모로부터 이름이 지어지고, 보살핌 속에 교육을 받으면서 한 사람의 인격체로 성장합니다. 그리고 삶의 목표를 세우고 하루하루 새로운 의미를 가지고 살아가는 것입니다.

필자는 이런 사명감을 가지고 40여 년이라는 긴 세월을 공직에 있었습니다. 다행인지 불행인지, 그 긴 공직생활의 마지막을 보내려고 한 보건소에서 꿈에도 생각하지 못했던 코로나19와 맞닥뜨렸습니다. 당시 전 세계의 이목을 집중하던 대구의 코로나 확산 속에서도 태풍의 눈으로 떠오른 특정 교회가 위치한 남구의 보건소에서 보건행정과장으로 일하게 되었던 것입니다.

1년이 지난 지금도 당시를 생각하면 아찔합니다. 다행히 하루하루를 소소한 것까지 일기 형식으로 기록했던 일은 지금 생각해도 잘한 일이라 생각합니다. 당시의 긴박했던 6개월 동안 코로나19 소용돌이 속에서 보고 느낀 것입니다. 그 중에서 여러 사람과 공유해도 좋겠다는 날의 기록을 가려 다시 정리한 것이 이 책입니다. 만에 하나라도 다시, 비슷한 상황이 닥치면 이 책 한 권이 작은 도움이 될 수도 있겠다는 생각이 들었기 때문에 내게 되었습니다. 당시 코로나 사태의 중심에 있었던 남구의 보건소에 근무하면서 보고 느낀 것이기에, 이 또한 시간이 지나면 미약하지만 기록으로 역할을 다할 수도 있겠다는 믿음이 있었습니다. 그래서 사실을 위해 그날그날의 날짜와 날씨를 글 끝에 남겼습니다.

1년이 지난 지금까지도 코로나19는 우리 곁에 머물고 있습니다. 그러나 언젠가 반드시 우리 곁에서 사라질 것입니다. 분명히 옛이야기처럼 '2020년 대구의 봄'을 기억하며 이야기할 날이 올 것입니다. 필자는 지금만큼이라도 일상생활을 유지할 수 있는 것만 해도 하느님으로부터 큰 선물을 받은 기분입니다. 그래서 매일 행복을 느끼며 살고 있습니다. 앞이 보이지 않을 만큼 암울하던 터널 속에서 동고동락했던 보건소 동료들과 남구청 산하 700여 공직자들, 그리고 코로나 현장 일선에서 지금도 애쓰고 있는 의료진과 국민 모두에게 진심으로 감사의 마음을 전합니다.

2021년 봄에
저자 손정학

차례

2부 오르막이 없는 내리막은 없다

3부 절박한 가운데 새로운 희망이 있다

4부 사랑으로 하는 일은 행복하다

폭풍우 속에도
봄이 오고 꽃이 핀다

1부

보건소로 첫 출근하는 날

나는 아니오!

어떤 성공적인 일에 대하여 "나는 아니오."라고 말하는 사람은 드물다.

자기 PR 시대라 해서 스스로 자랑하거나 선전하는 데 여념이 없었던 때가 있었다. 특히 선거철이 되면 정치권에서 더욱 그랬다.

스스로 자신을 드러내는 이들, 스스로 자기가 갈망하는 것에 집착하는 이들에게는 진실성이 없다. 죄를 씻는 것은, 나만 옳고, 나만 잘났다는 생각으로부터 해방이다. 그리고 타인을, 사회를 고귀하고 사랑스럽게 바라보는 시선을 간직하는 일이다. "나는 아니오."라고 말하는 이들이 더욱 많아지는 세상, 즉 스스로 낮추는 겸손이 미덕인 사회가 되었으면 좋겠다.

오늘은 새로운 근무지이자 마지막 근무지가 될지 모르는 보건소에 첫 출근하는 날이다. 출근 시간을 체크하는 마음으로 평소보다 30분 늦은 아침 7시 20분에 집을 나섰다. 버스정류장에서 5분여를 기다리다가 7시 35분에 649번 버스를 탔다.

사무실에 도착한 시간은 8시 20분이었다. 시무식이 있어서 곧바로 걸어서 구청으로 갔다. 가는 길목에서 위생과 김진영 팀장이 차를 세워서 차를 탔다. 그래서 계획된 시간보다 다소 이른 시간에 도착했다.

전 임지에서 시무식까지 준비했기 때문에 담당하는 기분으로 시무식에 임했다. 시무식은 남구에서 활동하는 '헤븐스 합창단'의 '남구의 노래, 희망의 나라, 대명역'에서 노래공연, 공무원윤리헌장 낭독, 신년사로 이루어졌다. 30여분 만에 시무식은 끝이 났다. 시무식이 끝난 후 곧바로 사무실로 왔다. 잠시 사물私物을 정리하고 직원들에 대한 신년인사차 청사를 전반적으로 둘러보았다. 직원들의 표정은 모두 밝았고, 청사도 청결했다. 근무하기에 참 좋은 환경이었다.

그리고 올 1월부터 과가 분리되어서 그런지 생각보다 여유가 있었다. 행정지원과에서는 전자결재만 해도 하루에 2백 건이 넘었다. 오늘 첫날이고 과 분리에 따른 시스템이 아직 안정적이지 못해서 그런지 전자결재는 30여 건에 지나지 않았다. 올라오는 결재 내용에는 대다수 전문용어가 많았다. 이해가 안 되는 부분은 질문을 하는 등 공부하는 마음으로 근무에 임했다.

이러한 가운데 이승원 과장을 비롯한 행정지원과 직원들이 방문했다.

오늘은 사무실 환경과 근무 분위기를 파악하면서 하루를 보냈다. 지금까지 근무한 부서 중에서 최고라고 나름대로 평가를 했다.

퇴근 후에는 연배가 같은 팀장들과 함께 소통의 시간을 가지면서 앞으로 근무에 임할 마음가짐을 가늠해 보았다. 최고의 근무 환경을 만드는 데 솔선수범의 정신으로 실천할 것이다.

〈 2020. 1. 2.(목) 맑음 〉

중국 우한 집단폐렴 관련 대책반 편성

우리 사회는 서로 포용하고 화해하고 보듬는 데 너무 인색하다.

심지어는 목에 칼이 들어와도 난 용서 못 한다, 내 눈에 흙이 들어오기 전까지 그 사람을 안 볼 거야 등 악이 담긴 말들을 할 때가 있다. 죄와 그 때문에 상처를 입은 것은 충분히 이해할 수 있다. 그러나 이겨 낼 수 있는 내적 힘을 키워나가야 한다. 우리는 죄와 정서의 메마름에 허덕이는 삶에 다른 이의 도움이 함께할 수 있는 열린 마음을 간직하는 여유를 가져야 한다.

인내는 형제애 안에서 더욱 견고해진다. 죄를 용서하는 것은, 위대한 영웅의 초능력이 아니라 우리가 서로의 처지를 이해하고 함께 아파하는 것에서 시작된다.

우리는 혼자 아픔을 감당하는 것과 함께 아픔을 나누는 것, 어느 쪽을 선택할 것인가?

오늘도 겨울답지 않게 포근한 날씨였다.

오전에는 계획에 없던 구청장 동 행정복지센터 연두방문에 참석했다. 지난 1월 9일부터 시작해서 오늘 마지막 날이라 주민들의 구정에 대한 관심도를 공유해서 업무추진에 참고하라는 취지로 특별히 참석하게 된 것이다.

오늘 마지막 동은 이천동이었다. 지난해는 담당부서장으로서 전 동을 다 참석했는데 올해는 단순 배석으로 참석했기 때문에 여유가 있었다. 진행은 지난해처럼 구청장께서 지난해 성과와 앞으로 추진할 사업에 대하여 PPT로 설명을 하고 주민들의 소리를 듣는 방식으로 진행되었다.

이 자리에는 다양한 계층에서 참석했다. 진행은 1시간 40분 동안 이루어졌다. 이날 주민들이 요구하는 사항은 학교 주변의 안전한 보행환경 조성, 동 주민센터 신축, 이천동은 물과 연관이 있기 때문에 실개천 조성 등 비교적 정책적인 사항들이었다. 이번 연두방문은 구정현안을 주민들과 함께 공유하고 폭넓은 참여를 통해 지역발전에 따른 공감대를 형성했다는 생각이 들었다.

마지막은 응변창신應變創新이라는 사자성어를 김시호 주민자치위원장의 선창으로 함께 외치고 마무리했다. 응변창신應變創新의 뜻은 변화에 한발 앞서 대응하고 주도적으로 길을 개척해 나간다는 의미다.

오후에는 보건과 사회복지와의 관계 등 주민들의 삶의 질을 향상할 수 있는 방안이 무엇이 있을까 하는 고민을 해 보았다. 그러기 위해서는 사례 중심의 시스템 구축이 필요하다는 생각이 들었다. 예를 들면 한 사건이 발생했을 때 그 사건의 발단부터 마무리까지 과정을 매뉴얼화한다는 것이다.

마침 우리 남구에 주소를 둔 사람이 자살을 시도한 사실이 있다는 공문이 구미의 한 쉼터에서 접수되었다. 이 사건을 그렇게 처리해 보도록 제안을 했다. 우리 부서는 아니지만 남구 전체의 일이라고 생각하고 제안을 했다. 소장과 담당팀장도 공감을 했다. 또한 공무직 관리규정에 대한 토론도 있었다. 서로 포용할 수 있는 분위기를 조성해야 한다는 것으로 의견을 모았다.

저녁에는 목요초대 모임에 초대를 받았다.

봉덕3동에 있는 미락원이라는 중국식당에서 함께 소통하면서 기쁨을 나누는 시간을 가졌다. 함께 즐기고 웃는 가운데 나도 회원이 되고 말았다. 이제 모임을 하나씩 줄여나가야 하는데 또 하나가 늘어난 셈이다. 한편 음식을 먹고 술잔을 권하는 가운데 마음 아픈 소식을 들었다. 함께 근무하셨던 K 전 국장께서 건강이 좋지 않다는 것이다. 근무할 때 개인적으로는 엄격했지만 다른 사람들을 위한 배려에는 다소 인색했던 분이라 선후배, 동료들에게 그다지 존경을 받지 못했던 것으로 기억된다. 그러나 나는 개인적으로 존경을 했던 분이었다. 사람은 한 번 왔으면 언젠가는 가야 한다. 좋은 인연, 좋은 관계로 마지막까지 함께할 수 있는 사람보다 더 소중한 사람은 없을 것이다. 이렇듯이 우리는 관계 속에 살아가는 것이 인생이라 생각하고 서로 나누고 함께 보람을 만들어 가는 삶을 살아갈 필요가 있다. 이렇게 즐기는 가운데 시간이 흘러 더팔레스호텔에서 개최하는 약사회 정기총회 시간이 되었다. 보건소에 와서 처음 참석하는 자리였다. 아시는 분들이 있어서 편안한 마음으로 참석했다. 업무담당부서라 소개까지 해 주었다. 사회지도층에 있는 분들이라서 그런지 차분하고 진지한 분위기 속에 행사가 진행되었다. 다른 행사처럼 공연이나 여흥의 시간은 없었다. 먼저 식사를 한 후에 의식행사를 시작해서 의식행사가 끝남과 동시에 행사는 마무리되었다. 나는 행사를 마치고 다시 목요초대 모임에 갔다. 시간이 9시가 넘어서 식당의 간판불도 꺼져있었고 식당에는 우리 팀밖에 없었다. 남은 음식과 술잔을 정리하고 마무리했다. 오늘은 좋은 사람들과 기분 좋게 함께해서 그런지 술도 취하지 않았다. 맑은 정신으로 집으로 왔다. 오늘도 여러 가지 보람 있는 일이 많았던 하루였다.

한편 설 연휴를 대비하여 중국 우한시에서 발생한 원인불명의 집단폐렴 국내 감염확산차단을 위한 대구시 대책반 및 구·군은 신속 대응반을 편성하였다. 근무시간은 평일에는 오전 9시부터 오후 8시까지, 토·일요일 및 공휴일에는 오전 9시부터 오후 4시까지 근무를 하게 된다. 그리고 근무기간은 2020년 1월 17일부터 상황 종료 시까지다.

〈 2020. 1. 17.(금) 맑음 〉

코로나19 국내 첫 확진자 발생

　우리는 하루하루를 기쁘게 살아야 하지만, 기쁘게 사는 것 자체가 목적이 되거나 기쁘지 않으면 안 된다는 강박증을 일으켜서는 안 된다. 기쁨은 함께하는 기쁨이지 저 혼자만의 만족감에 따른 결과물이 아니다.

　새 포도주는 새 부대에 담아야 안정적으로 보관되어 기쁨을 주는 것이지, 포도주나 가죽 부대 자체가 기쁨을 보장하지는 않는다. 갈수록 개인주의화되는 우리 시대에 개인적 수련을 통한 행복이나 기쁨의 수여 여부로 자신을 평가할 때가 많다.

　잔잔한 호수 같은 마음을 간직하는 것이 기도가 아니다. 오히려 마음속이 불편하고 어지러울 때 많이 하는 것이 기도다. 낯선 것이 내 마음속에 포탄처럼 터져 속앓이를 할 경우가 많을 때 하는 것이 기도다.

　일상 속 이미 익숙해져 버린 것들에 저당 잡혀 새롭게 시작한 세상의 흐름을 읽어 내지 못하고, 익숙한 것이 좋다며 그 자리에 머무르는 것이 기쁘고 행복하게 사는 데 큰 걸림돌이다.

새 술을 새 부대에 담는 것은 개인적 수련이 아닌 사회적 수련을 통하여 공동체의 내일을 함께 만들어 가는 것이다.

서로 함께 머무는 자리는 꽤나 불편할 수 있다. 그럼에도 우리는 새 포도주를 마셔야 하고, 새 포도주를 마시려면 우리의 세상을 바꾸어 나가야 한다.

오늘도 봄날처럼 포근했다. 그러나 저녁에는 추웠다. 아침에는 간부회의가 있어서 평소보다 일찍 집을 나섰다. 그러나 버스가 늦게 와서 자칫하면 회의 시간에 늦을 뻔했다. 다행히 환승버스가 바로 와서 정시에 회의에 참석할 수 있었다. 회의에서는 최근 발생한 신종코로나바이러스 감염증에 따른 대책과 설 연휴 긴급 의료 대책에 대하여 발표했다. 오늘은 발표하는 부서가 적어서 회의는 20분도 채 안 되어 끝이 났다. 이어서 공약사항 추진상황 보고회가 있었다. 해당되는 부서에서 발표를 했는데 전반적으로 정상적 추진이 되고 있었다. 회의는 오전 9시 50분경에 모두 마쳤다. 사무실에는 10시경에 도착했다. 오늘은 5급 이하 대구시 전체 기술직 인사에 따른 의견조회가 이루어졌다. 우리 보건소에도 10여 명이 전보대상으로 거명되었다. 간호직 이서진 1명이 대구시로 전출을 희망해서 가는 것 외에는 정리가 되지 않았다.

오늘은 신종코로나바이러스 감염증에 대한 경각심을 가지게 된 날이다. 지난해 12월 31일 중국 우한시에서 발생한 원인불명의 집단폐렴이 우리나라에도 첫 확진자가 발생했기 때문이다.

질병관리본부(본부장 정은경)는 2020년 1월 20일 오전에 중국 우한시 신종코로나바이러스 감염증 해외유입 확진자를 확인하였으며, 이에 따라 감염병 위기 경보 수준을 '관심'에서 '주의'로 상향 조정하고, 중앙방역대책본부와 지자체 대책반을 가동하여 지역사회 감시와 대응을 강화하겠다고 밝혔다.

인천공항검역소는 2020년 1월 19일 중국 우한시 입국자를 검역하는 과정에서 발열 등 증상이 있는 환자를 검역조사하여 '조사대상 유증상자'로 분류하고, 국가지정입원치료병상(인천의료원)으로 이송하였다. 질병관리본부는 신종코로나바이러스 감염증 검사를 시행하여 오늘 오전 확진자로 확정하였다.

확진자는 중국 국적의 35세 여성(중국 우한시 거주)으로 입국 하루 전인 1월 18일 발병하여 발열, 오한, 근육통 등 증상이 있어 같은 날 중국 우한시 병원에서 진료를 받고 감기처방을 받았고, 우한시 전통시장(화난 해산물시장 포함) 방문력이나 확진자 및 야생동물 접촉력은 없다고 답변하였으며, 중앙역학조사관이 심층역학조사를 실시하였다.

확진자는 검역단계에서 확인되어 지역사회 노출은 없는 상황이며, 항공기 동승 승객과 승무원 등 접촉자를 조사하고, 접촉자는 관할 보건소에 통보하여 능동감시를 진행하였다.

마지막 접촉일로부터 14일 동안, 1일, 2일, 7일째 유선 연락하여 발열, 호흡기 증상 여부를 확인하고, 의심증상발생시 격리 및 검사를 시행하였으며, 질병관리본부는 신종코로나바이러스 감염

중 조기발견과 지역사회 확산방지를 위해 유관부처, 지자체, 의료계와 민간전문가와 협력을 강화하겠다고 밝혔다.

질병관리본부는 중앙방역대책본부(반장: 질병관리본부장)를 가동하고, 환자감시체계 강화 및 의심사례에 대한 진단검사, 환자관리를 강화하는 등 24시간 비상대응체계를 확대 가동하게 되었다.

시도는 시도 방역대책반을 가동하여 지역사회 환자 감시와 접촉자 관리를 강화하며, 설날 연휴 등 24시간 비상방역체계를 가동하였다.

질병관리본부는 신종코로나바이러스 감염증 조기발견 및 확산차단을 위해서는 국민과 의료계의 협조가 무엇보다도 중요하다고 강조하며, 중국 우한시를 방문하는 국민에게는 중국 현지에서의 행동요령 실천을 당부했다.

주요 내용은 야생동물 및 가금류 접촉을 피할 것, 감염위험이 있는 시장과 의료기관 방문을 자제할 것, 호흡기 유증상자(발열, 호흡곤란 등)와의 접촉을 자제하며, 우리나라 입국 시에는 건강상태 질문서를 성실히 작성하고, 발열이나 호흡기증상(기침, 숨 가쁨 등)이 있을 경우 검역관에게 신고하는 등 검역조사에 협조해 주시고 귀국 후 14일 이내 발열, 호흡기증상이 발생하면 질병관리본부 콜센터(1339)나 보건소에 상담해 줄 것을 당부하였다.

의료기관에서는 호흡기 질환자 내원 시 문진 및 DUR(대한민국의약품 처방조제 지원시스템)을 통해, 중국 우한시 여행력을 확인하는 등 선별진료를 철저히 하고, 의료기관 내 감염관리를 강화하고 신종코로나바이러스 감염증 환자로 의심될 경우 질병관리본부 콜센터(1339)로 신고할 것을 당부하였다.

　한편, 국내는 현재 인플루엔자 유행으로 인해 호흡기증상자가 많이 발생하고 있어, 모든 국민께서는 손 씻기, 기침예절, 호흡기 증상자가 의료기관에 방문 시 반드시 마스크를 착용하고 해외여행력을 의료진에게 알리는 등 감염예방행동수칙을 준수해 주실 것을 당부하였다.

　국내 첫 확진자가 발생함에 따라 신종코로나바이러스 감염증에 대한 실전을 펼쳐야 하는 만큼 철저한 대비가 필요해 보인다.

　저녁에는 대구시 임상병리사회 제39차 정기대의원대회에 참석했다.

〈 2020. 1. 20.(월) 맑음 〉

신종코로나바이러스 감염증 예방 적극 홍보

  우리는 어디에 초대를 받거나 역할이 주어질 때 자신의 생각과 의지를 드러내야 한다. 우리 사회에 내처지고 소외받고 천대받는 이들이 우리 삶 한가운데 등장한다면, 우리는 그들을 어떻게 생각하고 어떻게 대해야 할까? 우리는 여전히 입을 다문 채 다른 이들과 하느님께서 어떻게 하실지 쳐다만 보고 있을까? 어쩌면 그런 수동적 침묵은 우리의 비겁함과 잇속 계산에 따른 이기심에서 말미암은 것은 아닐까? 세상은 제 '밥그릇'을 위하여 신념도, 사상도 내팽개치는 것이 현실이다.

  우리 역사를 보면, 일제시대의 민족주의자들과 친일파에 대해서 생각해 봐야 한다.

  어울리지 않는 이 두 집단이 함께 모의를 한다는 것이 신기하지만, 제 밥그릇 앞에서는 민족도, 나라도, 옳음에 대한 열망도 내팽개칠 수 있는 것이 세상의 현실이다. 이런 세상에서 지켜나가야 할 것은 단 하나, 정의를 향하여 '손을 뻗는 일'이다. 꽉 막힌 세상의 이기심 그 한가운데서 세상을 향한 사랑의 마음을 펼쳐 나가는 일이다. 그 일을 하려고 우리는 오늘도 하나뿐인 지구 안에서 함께 살아가고 있다.

오늘은 오후부터 봄비처럼 대지를 촉촉이 적시는 비가 내렸다. 기술직인사가 있었다. 우리 보건소에는 올해 1월 1일 신설되어 공석이었던 건강증진과장 자리가 채워졌다. 간호 7급 이서진 주무관이 대구시로 전출 가고 보건 6급 황성준 주무관은 육아휴직 명령이 났다. 전입은 보건 7급 류경희 주무관이 북구에서 건강증진과로 왔다. 그리고 신규로 간호 8급 6명이 발령을 받아서 왔다. 부서는 박효란, 신현지 주무관이 보건행정과, 이지현, 이한욱, 전숙현, 김림수 주무관은 건강증진과로 배치되었다.

오후에는 가톨릭병원 송재준(마르코) 신부 의료원장 취임식에 참석했다. 취임사 중 병원의 역할을 말씀하셨는데 "따뜻한 마음"으로 환자를 맞이해야 한다는 말이 가슴에 와닿았다.

한편 신종코로나바이러스 감염증 상황은 질병관리본부에서 감염병 위기경보가 '주의'로 격상함에 따른 홍보와 손 씻기, 예방 수칙 등 콘텐츠 6개와 홍보물이 시달되었다. 그래서 전 부서를 비롯한 관계기관에 홍보협조를 했다.

〈 2020. 1. 22.(수) 맑음 〉

선별진료소와 격리병실을 확보하라

누구라도 자신의 내면 깊숙한 곳에 하느님의 거처를 마련함으로써 세상 안에 살아가면서도 세상의 일에 마음을 빼앗기지 않을 수 있으며, 세상일을 통해 하느님을 만날 수 있다.

오늘은 완연한 봄날처럼 따뜻했다. 양지바른 곳에는 온기가 더해 금방이라도 새싹이 돋고 꽃망울을 터트릴 것 같은 느낌이 들었다. 조금만 걸어도 온몸에 땀이 맺히기도 했다. 이러한 가운데 중국 우한시 신종코로나바이러스 감염증은 더 심각한 상황인 것으로 보도가 되었다.

그래서 오전과 오후 두 차례에 걸쳐서 국무총리 주관으로 시도지사 및 관계부처장 회의가 있었다. 오전에는 소장께서 영상회의에 참석하고 오후에는 부서장으로서 내가 참석했다.

정부를 비롯한 지자체별로 특별한 대책을 강구하고 있는 만큼 국민의 안전에는 그다지 문제가 없을 것으로 기대하고 있다.

회의에 참석해서 전반적인 상황을 이해하고, 선별진료소 설치 등 우리 보건소에서 해야 할 대책을 살피고 담당자와 공유를 했다.

지금까지 매뉴얼에 따라 차질 없이 대응하고 있기에 유사시에도 잘 대처해 나갈 수 있을 것이라는 자신감이 있었다.

오늘은 설 연휴 기간이라서 업무적으로 긴장은 되었지만 여유가 있었다. 사무실에 들렀다가 걸어서 반월당까지 가서 쇼핑을 하기도 했다. 그리고 설빔으로 목도리를 장만했다. 또한 설 명절 연휴인 만큼 형님네와 함께 아버지 형제로는 유일하게 생존해 계시는 고모님을 찾아뵈었다. 늘 도리를 다하지 못해서 죄송할 뿐이었다. 설날의 의미와 핏줄의 끈끈함을 느낄 수 있었다.

오늘 국무총리 주재 영상회의에서는 일반 환자와 신종코로나 바이러스 감염증 환자에 대한 선별진료소를 조기에 운영하고 유사시 즉각 대응할 수 있도록 격리 진료병원과 병상을 확보하라는 강조가 있었다. 오늘 회의에 따라 지금까지 추진상황을 점검하고 선별진료소 설치에 따른 검토를 했다.

〈 2020. 1. 24.(금) 맑음 설연휴 첫날 〉

신종코로나바이러스 감염증과 함께한 설날

'깨어 있음'은 무엇보다 제 삶의 본분을 다하는 일이다. 우리는 살아가면서 평온한 삶만을 꿈꾸고 있는지 모른다. 한편으로 고통을 있는 그대로 받아들이는 것이 어쩌면 가장 현명한 지성인이 아닌가 하는 생각을 할 때가 있다.

'깨어 있음'은 지금, 여기에 온전히 자신을 내어놓는 것이다. 그 삶이 어떻든 서로 다독이며 '오늘'을 살자고 다짐하는 것이다. '오늘'이 바로 가장 축복의 날이다.

오늘도 봄날처럼 포근한 날씨다. 그리고 오늘은 설날이다. 여유롭고 기쁜 마음으로 설날을 맞이해야 하지만 이번 설은 그렇지 못했다. 중국 우한시 집단폐렴 발생의 원인인 신종코로나바이러스 감염증 대책을 위한 영상회에 참석하고 유사시 대비를 해야 했기 때문이다. 그래서 오늘은 어느 해 설날보다 일찍 차례를 지냈다. 그리고 나는 영상회의 참석을 위해 출근을 했다.

이날 영상회의는 행정안전부가 주관했고 관계부처 국장급과 시도국장, 각 자치단체 보건 실무책임자가 참석했다. 이날 회의에서는 지금까지 상황과 향후 대책에 대한 정보공유와 협조를 당부하는 것이 주요내용이었다.

지금까지 중국 및 국제적인 현황은 중국 41명 사망, 확진 및 의심환자가 1천여 명이 발생하였고, 프랑스 등 유럽으로 계속 확산되고 있는 추세라는 발표가 있었다. 우리나라는 1월 25일 현재까지 확진자 2명이 발생했고, 1차 확진자와 접촉 35명, 2차 확진자와 접촉 69명으로 밝혀졌다. 다행히 적극적인 대처로 현재까지 더 이상 확산은 되지 않고 있다. 그러나 중국사태가 너무나 심각한 상황이라 잠시도 고삐를 늦추어서는 안 된다는 것이 정부의 입장이다. 한편 외교부에서는 중국 우한시에 거주하는 교민 500명 전원 귀국 조치를 추진하고 있다고 밝혔다. 이러한 가운데 대구에서도 의심환자가 발생하여 경대병원으로 이송하여 조사한 결과 음성으로 밝혀졌다. 또한 북구에서는 2차 확진자와 밀접접촉한 1명이 자가격리를 받고 있는 것으로 밝혀졌다. 앞으로의 대비를 위해서 일선 보건소에서는 선별진료소를 설치하고 의심환자 신고자가 있을 경우 자가격리와 함께 신속한 역학조사를 실시하는 등 확산방지를 위해 최선을 다해야 한다는 강조로 회의를 마쳤다.

회의를 마치고 선별진료소 설치를 위하여 중구 보건소를 견학했다. 천막으로 선별진료소를 설치하고 있었다. 그리고 현재까지 상황을 보건소장, 자치행정국장, 부구청장, 구청장께 보고를 했다. 또한 유사시 대비를 위한 비상연락망과 장구裝具를 점검하고 선별진료소 설치를 위한 준비를 했다. 진료소는 27일 컨테이너로 설치하고 28일부터 본격적으로 운영하기로 했다. 이처럼 설날에 가족과 함께하지 못한 아쉬움이 있었지만 주민들의 안녕을 위하여 역할을 했기 때문에 보람은 있었다.

한편 감염병 발생사태는 4단계로 나누어서 대책이 이루어진다. 상황별 단계는 초기는 '관심' 단계로 분류되고, 확진자가 발생되고 의심환자가 지속적으로 발생할 징후가 보이면 '주의' 단계가 된다. 그리고 심각정도에 따라 '경계', '심각' 단계로 격상된다. 1월 25일 현재는 '주의' 단계로 분류해서 대책이 이루어지고 있다.

이렇게 나름대로의 역할을 하고 오후 3시에 집에 와서 그 추이를 지켜보면서 쉬었다. 모처럼 명절에 혼자 집에서 편안한 휴식 시간을 갖게 된 것이다.

〈 2020. 1. 25(토) 맑음 설날 〉

세계적으로 급속하게 신종코로나 감염증 확산

"어둠 속에 앉아 있는 백성이, 큰 빛을 보았다. 죽음의 그림자가 드리운 고장에 앉아 있는 이들에게, 빛이 떠올랐다." (마태4, 16)

우리는 세상의 부자와 성공한 사람을 무시해서는 안 된다. 그리고 각자의 삶의 처지에 따라 사람을 차별하지 말아야 한다. 가진 자에 대한 반감이 아니라 가지지 못한 이들에 대한 연민을 가져야 한다. 연민으로 모든 사람이 행복하고 사람답게 살기를 바라는 마음을 가져야 한다는 것이다. 우리는 서로 다른 삶의 처지를 살피는 것에 지치지 말아야 할 것이다. 우리는 아름다운 사랑의 실천을 보며 세상에 빛이 있음을 깨달아야 한다.

오늘도 봄날처럼 포근했다. 겨울옷이 거추장스럽게 느껴졌다. 낮에는 하루 종일 흐리다가 밤늦게 봄비처럼 대지를 촉촉이 적시는 비가 내렸다. 땅속에서 금방이라도 새싹이 돋아날 것 같은 느낌이 들었다.

오전에는 성당 미사에 참례하고 교우들 간에 설 인사를 나누었다.

오후에는 신종코로나바이러스 감염증 관련 영상회의 참석을 위해 구청으로 출근을 했다. 그런데 상황실 문이 잠겨 있었다. 오전 10시 30분에 회의를 하고 오후에는 지자체는 제외하고 중앙정부 관계부서만 대상이라서 회의는 없다고 했다. 그래서 곧바로 직원들이 대책을 위해 일을 하고 있는 보건소로 갔다. 1월 26일 현재 우리나라에도 1명이 더 늘어나 3명의 확진자가 발생하였다. 그리고 국제적으로는 중국 1,975명을 비롯한 일본, 미국, 대만, 홍콩, 마카오, 베트남, 싱가포르, 태국, 사우디, 프랑스, 호주 등에서도 확진자가 발생하는 등 총 2,005명의 확진자가 발생함으로써 전 세계적으로 확산되고 있었다. 그리고 중국 우한시에서는 사망 56명, 중증이 324명에 이른다고 했다. 상황이 더욱 긴박해지고 있는 만큼 철저한 대책을 강구할 필요가 있었다. 중앙정부의 지침에 따라서 착실히 우리 보건소에서 추진해야 할 이들을 챙겼다. 오늘은 유사시 대응을 위해 대책반을 구성하고 선별진료소 설치에 따른 조치를 했다. 그리고 24시간 비상방역태세를 갖추고 국내외 상황에 따른 대비를 했다.

저녁에는 늘 명절마다 갖는 설맞이 가족행사에 참석했다. 올해는 더 나아지겠지 하고 또 한 해를 보내고 새해를 맞이하지만, 가족들의 형편은 그렇지 않았다.

그래도 건강한 모습으로 함께할 수 있어서 좋았다.

그리고 새로운 식구를 맞이하고 2세들이 밝고 건강하게 자라주고 있기 때문에 늘 희망을 품을 수 있다. 늘 열심히 살아가는 모습을 보면 우리 가족들도 잘살 수 있을 것이라는 새 희망을 품어보지만 기대에는 못 미치고 있어 안타깝기만 하다.

때로는 내 한 사람 희생으로 다 윤택한 삶을 영위할 수 있다면 하는 망상을 할 때도 있다.

어쨌든 지나온 과거는 잊어버리고 올해는 더욱더 마음을 모으고 서로를 위해 기도하고 어제보다는 오늘이 더 나은 나날이 되었으면 하는 바람으로 모두 각자의 위치에서 최선을 다할 수 있기를 바라면서 경자년庚子年 설 연휴를 보낸다.

〈 2020. 1. 26.(일) 흐리고 밤늦게 비 〉

남구 유증상 발생, 위기단계 '경계'로 격상

좋은 것이 나쁜 것으로 변하는 것은, 실제로 좋은 것이 나쁜 것으로 변질되는 것이 아니라 좋지 않다고 규정하고 판단하는 우리 인식의 편향성이 그것을 나쁜 것이라 매도하기 때문이다.

사람은 좋은 사람 나쁜 사람으로 완전히 구분되지 않는다. 누구 눈에는 좋고 또 누구 눈에는 나쁜 사람이 있을 뿐이다. 사람은 사람이다. 사람을 있는 그대로 보지 않는 우리 시선의 왜곡歪曲이 참으로 나쁜 것이다.

우리는 아무리 나쁘더라도 그를 형제애로 보듬어 줄 수 있는 근력을 키워야 한다. 비록 누군가가 아무리 나쁘더라도 늘 좋은 시선으로 바라보고 그를 위하여 기도할 수 있는 힘을 길러야 한다는 것이다. 다름을 틀림으로 생각하는 것이 진정한 악마다. 악마가 발붙이지 못하도록 서로를 품어 주어야 한다. 다름에 대한 적응, 이것이 참 좋은 세상을 향한 우리의 첫걸음이다.

어제저녁부터 내린 비는 오늘까지 계속 이어졌다. 간간이 바람이 불어서 영하의 날씨는 아니었지만 차가웠다. 이러한 가운데 신종코로나바이러스 감염증은 더욱 확산되고 있었다. 오전 10시 30분에 행안부 주재 영상회의에 참석했다. 질병본부에서 공식 발표한 상황은 발원지인 중국에서는 2,806명의 확진자가 발생했고, 81명이 사망했다고 밝혔다. 우리나라에서도 네 번째 확진자가 발생했고, 이들과 밀접촉한 사람들도 다수가 있다고 했다. 그리고 우한시와 그 인근 후생성에 거주하는 2,000여 명 교민의 귀국을 추진하고 있어 국내상황은 더욱 긴박감을 더해 주고 있었다.

국내·외 감염증 확진자가 계속 늘어나는 가운데 아직 대구에서는 확진자가 발생하지 않았으나 중국에서 입국한 사람 중에 능동감시 중인 대상자는 6명이 있는 것으로 나타났다.

우리 남구에서도 오늘 오후 2시 30분경에 중국에 다녀와서 감기증세가 있어 영대병원을 찾았다는 전화가 걸려왔다. 감염병 전문관인 이성은 주무관이 전화를 받은 것이다. 그리고 그동안의 경로를 듣고 병원 측과 연락체계를 유지하면서 그 후 상황을 예의 주시하고 있었다. 신종코로나바이러스 감염증과 관계가 없기를 바랄 뿐이었다.

오늘도 담당팀을 비롯한 당번으로 명령을 받은 직원들이 영상회의 결과와 언론보도, 중앙과 시에서 내려온 지침에 따라 적극적인 대책을 강구했다. 유사시에 차질 없이 대처할 준비를 다 하고 있었다. 직원들이 각자 역할을 다해 주었기 때문에 이번 설 명절은 공직생활에서의 특별한 체험과 함께 보람을 느꼈다.

영상회의와 그동안 시달된 지침을 정리하고 오후 4시경에 집으로 왔다. 한편 오늘부터 위기단계가 격상되어 '주의'에서 '경계'로 강화됐다. 중앙정부에서는 보건복지부장관을 본부장으로 하는 중앙사고수습본부를 설치, 운영하기도 했다.

집에서 독서를 통하여 마음을 추스르면서 설 연휴를 정리했다.

〈 2020. 1. 27.(월) 비 〉

신종코로나바이러스 감염증 의심환자 1명 신고

"들을 귀 있는 사람은 들어라." (마르 4, 9)

 씨앗의 운명이 땅에 떨어져 열매를 맺는 것으로 정해져 있다면, 더욱 많은 열매를 맺는 것이 좋을 것이다. 그러나 씨앗을 우리 삶에 빗대어 보자면, 씨앗이 뿌려진 흙의 상태가 천차만별이라 열매를 얼마나 맺을지 가늠하기란 결코 쉬운 일은 아니다. 또한 무조건 열매를 맺어야 한다는 논리는 그 씨앗에게는 크나큰 상처일 수 있다. 오늘의 아픔을 제거한 자리에 견실한 열매를 맺지 못한다. 아픔 속에 아파하는 이들 덕택에 오늘의 견실하고 탐스러운 열매가 따사로운 햇살 속에 무럭무럭 자라나는 것이다. 열매 맺는 씨앗 옆에 숨 막혀 죽어 가는 씨앗들이 있음을 기억해야 한다.

오늘도 비가 온 뒤지만 봄날처럼 포근했다. 아침부터 신종코로나바이러스 감염증과 분주하게 하루를 시작했다. 직소민원이 접수되고, 오전 10시 시청상황실에서 권영진 대구시장 주재로 부단체장, 보건소장 연석대면회의가 개최되었다.

또 10시 30분에는 영상회의가 개최되었다. 그리고 오후 4시에는 보건소에서 부구청장 주재로 구 자체 대책회의를 개최하는 등 긴박하게 움직였다.

이러한 가운데 남구에 의심환자 1명 신고가 있었다. 1월 18일에 중국에서 입국한 사람으로 영대병원에서 신고가 들어온 것이다. 폐렴증세가 있어 병원에서 신고를 한 것이다. 체검을 해서 대구보건환경연구원으로 검사의뢰를 했다. 밤늦은 시간에 결과가 나왔다. 코로나 음성, 호흡기바이러스 8종 음성인 것으로 밝혀졌다. 일단 안전하다는 결과가 나온 것이다. 이처럼 어떤 징후가 발견되면 관계기관에 신고하여 적절한 절차에 따라 조치함으로써 감염에 대한 불안을 불식시키고 주민들이 안심하고 생업에 종사할 수 있을 것이다.

이러한 역할을 해야 하는 곳이 보건소이기 때문에 우리 보건소 직원들은 늘 긴장상태에 있다.

〈 2020. 1. 29.(수) 흐리고 비 〉

선별진료소 밤 10시까지로 운영시간 연장

"숨겨진 것도 드러나기 마련이고 감추어진 것도 드러나게 되어있다." (마르4, 22)

우리는 등불이 빛으로 주위를 비춘다는 사실에만 치우쳐, 그 등불 자체가 빛을 낸다는 고유한 성질에 대하여 생각하는 것을 잊어버릴 때가 있다. 등불은 그 자체로 빛난다. 빛은 빛을 발할수록 더 많은 것을 비추게 된다.

다른 이의 모범이 되어야 한다는 의무 때문도 아니고, 다른 이를 비추어야 한다는 희생 때문도 아닌, 그저 등불이 등불로서 제 역할에 충실할 때 더 많은 빛이 널리 퍼져 나간다는 것이다.

이런 논리처럼 "정녕 가진 자는 더 받고 가진 것 없는 자는 가진 것마저 빼앗길 것이다." (마르4, 25) 더 가지려고 하다 보면 제 본모습을 잃어버리게 되는 위험에 빠진다. 오히려 자신의 모습에 충실하고 자신의 고유함을 되짚어 보며, 나 자신이 다른 이와 어떻게 다르고, 그 다름으로 나는 이 세상을 어떤 모습으로 살아갈지 사유하는 데서 우리는 더 많은 것을 가질 수 있다. 세상의 잣대를 따르기보다, 각자의 고유하고 소중한 모습을 제 삶의 자리에서 만들어나가는 길, 그것이 지성인이다. 즉 늘 성찰의 삶을 살아야 한다는 것이다.

오늘은 아침부터 신종코로나바이러스 감염증 관련 영상회의로 시작했다. 매일 오전 10시 30분에 하던 영상회의를 오늘은 오전 8시 30분에 개최했다.

그리고 오후에는 김외숙 감염예방팀장과 함께 통장연합회 정기총회에서 신종코로나바이러스 감염증 대응 관련 교육을 했다.

이러한 가운데 오후 4시경 보건소 선별진료소로 37세 여성 의심자가 찾아왔다. 이 사람은 중국 북경에 거주하는 교민으로 1월 22일 입국한 것으로 확인되었다. 보건소 선별진료소에서 1차 역학조사를 거쳐서 영대병원으로 이송했다. 영대병원에서 체검채취를 해서 대구 보건환경연구원으로 보내져 검사가 이루어졌다.

보건환경연구원 1차 검사결과 A형 독감으로 확인되었다. 환자는 코로나 음성 확인 시까지는 격리가 필요해서 영대병원 음압선별진료소에 대기하고 있었다. 최종 검사결과 허*인(상기도, 하기도)은 판코로나 음성, 배제진단 IFV A/H1N1 양성으로 밝혀져 격리입원은 해제되어 귀가했다. 그러나 2월 6일까지 자가격리 권고 및 능동감시 대상으로 관리를 하게 되었다.

한편 1월 30일 현재 남구 능동감시자는 2명이다. 1명은 2월 1일, 1명은 2월 2일까지 감시 대상이다. 또한 1명은 우한시에서 입국한 사람으로 입국 과정에서, 1명은 기타 중국 지역에 거주하고 있는 사람으로 영대병원 진료 과정에서 밝혀졌다.

현재 국내 확진자는 2명이 늘어나 6명이다.

오늘 국내에서는 2차 감염에 따른 확진자 1명과 새로운 확진자 1명 등 2명의 추가 확진자가 발생하여 6명으로 확진자가 늘어남에 따라 오늘부터 선별진료소 운영시간이 평일과 휴일에도 동일하게 밤 10시까지로 연장 운영하게 되었다. 계속 확산 일로에 있는 가운데 조심스럽게 2주 이내 숙질 것이라는 소식이 전해지기도 해서 그렇게 될 수 있기를 바라면서 신명 나게 대응책을 펼쳤다.

저녁에는 남구 한의사회 정기총회에 참석해서 신종코로나바이러스 감염증 대응 등에 대한 소통을 하고 협조를 요청했다. 이날 총회에는 조재구 남구청장, 곽상도 국회의원, 홍대환 남구의회의장과 5명의 구의원을 비롯한 40여 명의 회원이 참석했으며, 이 자리에서 사랑의 성금으로 100만 원을 조재구 남구청장에게 전달했다. 총회에서 역할을 다하고 다시 사무실에 들러서 감염예방팀 직원들과 상황에 대한 의견을 나누고 앞으로 할 일을 챙겼다. 내일 당장 조치할 사항은 선별진료소 이용과 보건소 방문 주민에 대한 안내 인력 보강이 필요하다는 것으로, 이에 공감해 대책을 강구하기로 했다.

〈 2020. 1. 30.(목) 오후 늦게 비 〉

확진자 연쇄 발생 및 제3차 접촉에 따른 확진자 발생

오늘의 '당위'가 어떤 이를 겁박하고 억압하는 일은 없는지, 오늘 나에게 당연한 일이 누군가에게는 엄청난 고통과 짐으로 여겨지는 일은 없는지 물어야 한다.

오늘도 아침부터 영상회의 참석을 비롯한 자체대책회의 개최 등 '신종코로나바이러스 감염증' 대책으로 분주하게 하루를 보냈다.

이러한 가운데 봄날 같은 날씨에 양지바른 곳에는 새싹이 돋아나고 꽃이 피어나 세상은 아름답고 평화를 느낄 수 있었다. 그리고 몸과 마음도 상쾌했다.

오늘 우한시 교민 367명이 입국했다. 이들이 임시로 거처할 시설로 지정된 충북 진천 국가공무원 인재개발원과 충남 아산 경찰 인재개발원에는 주민반발이 심하게 일어났다. 그래도 한쪽에서는 편히 안정을 취하고 가기를 바라는 위로와 격려의 메시지가 전해지고 있어 인정이 살아있다는 것을 느낄 수 있었다.

오늘 영상회의 중에 7번째 확진자가 발생했다는 소식이 전해졌다. 특히 처음으로 20대가 발생한 것이다. 그리고 오후에는 4명의 확진자가 추가로 확인되었다. 8번째 확진자는 지난 23일 중국 우한에서 청도를 거쳐 귀국한 62세 여성으로 전북 익산 원광대병원에 격리되었다.

또한 9번째와 10번째, 11번째 환자 중 두 명은 6번째 환자의 가족으로 6번째 환자에게 감염된 것으로 추정하고 있다. 즉 3차 감염으로 이어지고 있어 더욱 심각한 국면으로 치닫고 있었다.

한편 오늘 아침에 국내로 입국한 우한시 교민 368명 가운데 18명이 유증상자로 파악된 것으로 밝혀졌다.

이렇듯이 신종코로나바이러스 감염증에 대한 두려움은 커지고 있었다. 1월 31일 오전 9시에 발표한 국내외 상황은 22개국에서 확진자 9,812명, 사망 213명이다.

감염병에 대한 문제는 전 세계적으로 대응해야 한다는 것을 인식하고 모두가 지혜롭게 대처해야 할 것이다.

퇴근 후에는 남구 신우회에 참석했다. 이날은 김성은(요한) 지도 신부님 집전으로 청소년 창의센터에서 미사를 봉헌했다. 그리고 전임 김혜숙(골롬바) 회장에게 그동안 노고에 대한 보답으로 전 회원의 마음을 담은 전별금을 전달했다.

이어서 인근 '현이 식당'에서 함께 만찬과 덕담을 나누는 시간을 가졌다. 이날 주요 논의 내용은 매월 개최하는 정례모임의 활성화, 1년에 한두 번의 피정 또는 성지순례를 통한 신우회 발전방안이었다. 그리고 최종 의견은 기본에 충실하는 신우회가 되도록 하자는 데 의견을 모았다. 이날 모임에는 이진숙(막달레나) 자치행정국장을 비롯한 12명이 참석했다.

〈 2020. 1. 31.(금) 맑음 〉

밤 9시경 의심환자 발생 접수 긴급상황 발생

봉헌은 어떤 대가를 바라고 바치는 행위가 아니다. 감사하는 마음을 기억하지 못한다면 봉헌은 시장 경제의 논리에 갇힌 투자나 거래와 다름없을 것이다. 봉헌은 오로지 모든 것에 감사하는 마음으로 해야 한다.

오늘 아침에는 다소 쌀쌀했으나 낮에는 봄날처럼 화창했다. 오늘도 아침 8시 30분부터 중수본 주관으로 신종코로나바이러스 감염증 예방대책을 위한 영상회의를 개최했다. 매 회의 때마다 그랬듯이 오늘도 여러 가지 건의사항이 있었다. 공통적으로 관계되는 것이 능동감시 대상과 자가격리 대상의 범위와 관리체계에 대한 지침을 마련해 줄 것을 요구하는 건의가 있었다. 그리고 중국에는 가지 않았지만 유사한 증세가 있을 경우 진료비 지원 문제 등이 대두되었다. 관계부처의 답변은 검토해 보겠다는 입장이었다. 오늘은 1시간이 채 되지 않아서 회의를 마쳤다. 회의를 마치고 사무실에 들러서 전담조직 운영 등 앞으로 할 일을 챙겼다.

그리고 잠시 틈을 내어 혈압측정 등 건강을 체크해 보기도 했다. 혈압이 다소 높기는 하지만 보건소 근무한 지 한 달이 지나서 건강이 좋아졌다는 것을 느낄 수 있었다. 이러한 가운데 국내 확진자는 3명이 추가되어 15명으로 늘어났다는 소식이 전해졌다. 신종코로나바이러스 감염증 확산 대책이 장기화가 됨으로써 오늘 권영진 시장은 각급 보건소장에게 직접 격려의 전화를 하고, 근무자들에게는 통닭과 피자를 전달했다.

한편 우리 남구는 총 5명의 능동감시 대상자가 발생했다. 이 중 1명은 1월 31일, 1명은 2월 1일 해제되고 3명이 능동감시 중에 있다.

그리고 어제 중국 연길에서 온 67세 여성은 거주지가 달서구이기 때문에 달서구로 이관함으로써 현재 남구 능동감시 대상자는 2명이다.

현황 파악 등 나름대로 업무를 챙기고 특별한 상황이 없어 사무실에서 나왔다. 집으로 오는 길에 날씨가 너무 화창해서 시지 신매천 둔치 산책을 했다. 두 시간여를 걸으면서 신종코로나바이러스 감염증 확산이 되지 않기를 바라는 기도를 바치기도 했다. 그리고 가족과 함께 CGV에서 '남산의 부장들' 영화를 감상했다.

우리나라의 비극적인 역사를 느낄 수 있었다. '곧으면 부러지고 권력은 오래가면 썩기 마련이고 곪으면 터지게 된다는 것'을 절감했다. 영화를 보고 오후 8시가 좀 넘어서 집으로 왔다.

저녁을 먹고 쉬는 가운데 9시경에 의심환자 한 명이 접수되었다는 연락이 왔다. 양성이 아니길 간절히 기도했다. 오늘은 좀 조용하다 싶었는데 긴박하고 걱정 속에 하루가 지나갔다.

최초 중구보건소에서 경대병원에 남구 주민이 계신다고 연락을 받았다고 했다. DUR 중국여행력 및 확진자 접촉력 경고문구를 확인했고, 환자는 중국에서 대동맥류 진단을 받고 오늘 귀국하였으며, 대구 도착하자마자 동대구터미널에서 요통 등 증상이 있어 119로 연락, 동구 구조대에서 동구 보건소 및 달서구 보건소 문의 후 보훈병원 이송하였으나 보훈병원에서 DUR 확인 후 경대병원 선별진료소로 안내가 되었다. 확진자 접촉력은 없는 것으로 확인되었으나 폐렴 소견이 있어 PUI로 사례분류하여 검체이송 후 환자에 대한 주소지를 확인한 결과 대구 북구였다.

의심환자 김*준은 코로나 음성, 배제진단 되었고, IFV A/H1N1 (A형 일반독감) 양성으로 밝혀졌다. 다행이었다. 정말 긴박한 상황이 펼쳐진 것이다.

〈 2020. 2. 2.(일) 맑음 〉

17번 확진자 대구 방문!

손뼉도 마주쳐야 소리가 난다. 사랑도 마찬가지다. 사랑은 일방적인 것이 아니라 쌍방의 대화이기 때문이다. 우유 시음 실험에 대한 이야기다. 연기자 몇 명이 우유를 마시고 그것이 마치 상한 것처럼 구토를 하자 다른 참가자들도 우유를 못 마시겠다는 반응을 보였고, 한 명은 정말 식중독에 걸려 입원까지 했다고 한다.

사실 그 우유는 매우 신선했는데도 말이다. 우유가 상하였을 것이라는 선입견이 생기자, 사람들은 그 우유의 신선함을 느끼지 못하였다. 사실 그 우유 자체는 맛과 영양을 지녔지만, 사람들은 자기들의 선입견으로 말미암아 우유를 마시고 독만 얻게 된 것이다. 선입견의 굴레에서 벗어나지 못하면 어떠한 기적도 무용지물, 더 나아가 독이 되어버린다.

오늘은 입춘이 지났지만 겨울 날씨였다. 몸을 움츠리게 했다.

아침 영상회의부터 의회 브리핑, 또 오후 영상회의, 시청 방문 등 숨 가쁘게 하루를 보냈다.

이러한 가운데 국내 확진자는 3명이 늘어 총 19명이 됐다. 그중 2번 환자는 완치 판정을 받아 정상 생활을 할 수 있게 되었다는 소식이 전해짐으로써 치료가 가능하다는 확신을 가질 수 있게 되었다.

퇴근 무렵에는 안타까운 소식이 전해졌다. 17번 확진자가 대구에 왔다 갔다는 것이다. 북구 처가와 수성구 본가에 머물렀다는 것이다.

이제 대구도 접촉자가 발생한 만큼 안심하고 시내를 다닐 수 없게 되었다. 무엇보다도 확산이 되지 않도록 하는 것이 중요하다. 그 첫 번째가 개인의 인식개선이 필요하다. 대응요령을 숙지하고 그 수칙을 지키는 것이다. 제일 위험한 것이 나 하나쯤이야 하는 이기심으로, 더 큰 화를 불러일으킬 수 있다. 감염병 예방은 이제 국가가 모든 책임을 져야 한다는 생각은 버려야 한다. 모든 국민이 주인의식을 가지고 의무와 책임을 다해야 할 것이다.

〈 2020. 2. 5.(수) 맑음 〉

정월대보름 나들이하는 마음으로 코로나 대응

가엾은 마음이 든다는 것은 상대의 아픔에 자신의 속이 뒤틀릴 정도의 감정을 느낀다는 뜻이다. 그러나 다른 사람의 커다란 고통보다도 가시에 찔린 자기 손톱에 신경이 가는 것이 사람의 마음이다. 그러나 그러한 한계를 넘어 상대의 아픔을 자기의 것으로 삼아 나에게서 너에게로 건너갈 때 아름다운 공동체를 꽃피울 수 있다.

오늘은 토요일이라 쉬는 날이기도 하지만, 정월대보름으로 축제의 날이다. 그리고 날씨도 봄날처럼 포근해서 나들이하기도 안성맞춤이다. 그런데 그런 분위기는 어디에도 없다. 사실 시간이 그렇게 흘렀는지도 몰랐다. 설밑에 불어닥친 중국발 신종코로나 바이러스 감염증으로 지자체마다 계획했던 정월대보름축제가 모두 취소되고 개인적으로 하루도 빠짐없이 출근했기 때문이다.

오늘도 신종코로나바이러스 감염증 예방대책을 위한 영상회의 참석을 위해 출근을 했다.

오늘은 종전 아침 8시 30분에 하던 영상회의를 10시 30분에 개최했기 때문에 여유가 있었다. 산책하는 마음, 나들이하는 기분으로 집을 나섰다. 매일 출근해도 피곤함을 느끼지 못했다. 함께하는 동료들이 늘 밝은 모습으로 최선을 다해주고 주변에서 격려와 위로를 아끼지 않았기 때문이다.

오늘 영상회의에서는 다양한 사례가 발표되고 필요한 대응책이 논의되었다.

국내 1월 20일 시작으로 확진자는 총 24명이다. 2명은 완치판정을 받아서 퇴원을 했다. 중수본에서는 중국에서 사망자와 확진자가 계속 늘어나는 등 사태가 악화되고 있는 실정이므로 대응에 만전을 기해 줄 것을 당부했다.

오늘 2월 8일 현재 남구 신종코로나바이러스 감염증 상황은 능동감시 대상 4명이다. 오늘 추가된 사람은 없고, 어제 의심환자로 신고된 두 사람은 모두 음성으로 판정되어 능동감시자로 관리하고 있다. 그중 1명은 주소지인 수성구로 이관했다.

오늘 오후 2시에는 전영식 대명8동 새마을금고 이사장과 이병용 갓바위 순두부 대표께서 격려차 보건소를 방문해 주셨다. 그리고 박카스 10박스(100병)를 전해 주셨다. 그리고 대구시 재난안전대책본부에서 근무자 간식으로 빵 10인분이 전해졌다.

〈 2020. 2. 8.(토) 맑음 정월대보름 〉

마스크의 위력, 마스크 착용이 감염을 막아!

우리는 무엇인가 절박할 때 신앙인이든 비신앙인이든 하느님께 해결될 수 있도록 해 주십사고 간절히 청한다. 그러나 완전한 열매를 청하기보다 무한한 가능성을 지닌 씨앗을 청하는 지혜가 필요하다.

오늘 영상회의에서는 권영진 대구시장 주관 부단체장 회의가 있었다. 모두인사로 17번 확진자가 대구를 다녀갔지만 철저한 대처로 확산을 막았다. 이를 계기로 중국인 유학생 대책이 필요하다는 의견을 피력했다.

현재는 경계단계가 그대로 유지가 되었다. 중국 외 기타 국가에 대한 검역강화, 자가격리자 생활비 지원, 자가격리 권고자 가구당 10만 원 상당 생필품 지원 등에 대한 지시가 있었다. 특히 17번 확진자가 대구를 다녀갔지만 확진자가 발생하지 않은 것은 마스크를 착용했기 때문이라고 했다. 그러므로 마스크 착용에 대한 홍보를 대대적으로 해 줄 것을 당부했다. 아울러 대량 격리대상자 발생을 대비, 임시격리시설 확보, 음압텐트 설치 등 추상이 아니라 구체적인 대책 마련을 당부했다.

오후 5시 현재 남구 상황은 의심환자 3명이 검사를 했다. 여성 1명은 지난 2월 7일 중국 시완성에서 입국하였으며, 오전 10시 30분경에 자택에서 보건소로 연락이 왔다. 보건소 선별진료소에서 자택을 방문하여 대구가톨릭대학병원으로 이송, 검체를 하여 보건환경연구원에 이송하여 검사를 했다.

그리고 1명은 1월 30일부터 오사카에 체류하다가 2월 2일 입국하여 영대병원에서 진료를 받던 중, 오전 11시 25분에 의심환자로 신고접수 되어 12시 20분에 영대병원에서 위탁 운영하는 녹십자로 이송해 검사를 했다. 이 사람은 수성구 주민으로 수성구로 이관했다.

다른 한 분 역시 여성으로 중국 청두에서 2월 3일 입국하였으며, 오전 9시 30분 보건소 선별진료소에 방문하여 역학조사를 거쳐 영대병원으로 이송, 검체 후 보건환경연구원으로 이송해 검사를 의뢰했다. 현재 의심환자 상담이 계속 늘어나고 있어 체검 대상이 늘어날 것으로 예상되었다.

오후 4시 40분경 시청 보건건강과에서 직원 2명이 선별진료소 운영실태 점검을 하고 갔다. 다른 특이사항은 없었다.

오늘은 봄날이었다. 금방 꽃이 새싹이 피어날 것같이 포근했다. 이제야 숙지겠지 했던 신종코로나바이러스 감염증은 더욱 기승을 부렸다.

남구 역시 의심환자의 문의전화가 빗발치는 가운데 4명이 체검을 통해 검사를 받았다. 결과는 모두 음성으로 밝혀졌다. 그중 거주지가 1명은 수성구, 1명은 달서구라서 거주지로 이관했다. 남구 주민 2명은 능동감시자로 분류하여 관리함으로써 현재 7명이 능동감시를 받고 있다.

〈 2020. 2. 10.(월) 맑음 〉

우한폐렴 - 신종코로나바이러스 감염증 - COVID - 19

"사람 밖에서 몸 안으로 들어가 그를 더럽힐 수 있는 것은 하나도 없다. 오히려 사람에게서 나오는 것이 그를 더럽힌다."(마르7, 15)

이 성경 말씀을 곱씹어 보면 우리의 내면이 얼마나 죄로 얼룩져 있는지, 우리가 얼마나 부족한 사람인지, 날마다 우리 내면을 정화한다고 하여도 더러움에서 벗어나기가 얼마나 어려운지를 알 수 있다.

오늘 우한 폐렴 64일째!

명칭이 우한폐렴 - 신종코로나바이러스 감염증 - COVID - 19에서 코로나19에 이르게 되었다. CO(corona) VI(virus) D(disease) 19(2019년)를 의미한다.

오늘은 마음을 포근하게 하는 단비가 내렸다. 이 비에 COVID-

19가 확 날아갔으면 하는 마음으로 하루를 보냈다.

아침에는 확대간부회의와 병행해서 대책회의를 개최했다. 각 부서마다 확산방지와 주민들의 안전을 위하여 최선을 다하고 있었기 때문에 이 또한 잘 지나갈 것이라 확신한다. 또한 간부회의에서는 당면현안에 대한 공유와 함께 주요구정에 대한 지시가 있었다. 그리고 늘 전 직원들의 관심사인 인사에 대한 언급도 있었다. 직렬 간 갈등을 비롯한 승진내정에 따른 인사권자로서의 의향을 피력했다. 인사가 만사라는 것은 누구나 공감하고 있다. 진정성에 대하여는 자신의 입장이 아니라 조직의 입장에서 판단해야 할 것이다. 그렇게 하였을 것이라고 믿어야 한다. 인사부서장을 맡아 봤지만 어떤 경우에도 인사는 100% 만족은 없다. 스스로 받아들이는 것이 섭섭한 마음을 달래고 아픈 심정을 추스르는 최고의 처방이다.

다행히 오늘은 국내 COVID-19 확진자는 없었다. 중국에도 확진자가 늘어나기는 했지만 증가세는 줄어들고 있는 추세고, 2월을 정점이 될 것이며, 4월이면 종식될 것이라는 보도가 되기도 했다. 이러한 가운데 우리 남구는 의심환자 2명이 신고접수 되었다. 그래서 병원을 통하여 검체를 하고 검사 의뢰했다. 주무부서인 우리 부서가 빈틈이 없어야 하기 때문에 지금까지 추진경과를 살펴보고 매뉴얼대로 잘해 보자는 의지를 다졌다.

오늘은 여성단체협의회에서 성품으로 광동탕 드링크 여덟 박스가 전해졌다.

이렇게 오늘도 COVID-19 대응으로 분주한 하루를 보내고 바로 집에 와서 편히 쉬었다.

한편 코로나19 상황은 국내 28번째 확진자가 발생했다. 완치 판정자는 7명이다.

확진자와 접촉자는 1,769명, 의심환자 4,297명, 검사 중 762명, 음성판정 3,535명이다. 남구는 현재 관리대상이 9명이다. 1명은 검사 중으로 자가에서 격리 대기 중이고 8명은 능동감시 대상이다. 2월 11일(화) 10시경 자택에서 신고 접수된 24세 남성은 1월 30일 중국 상해에서 입국한 것으로 밝혀졌으며, 오늘 10시경에 음성으로 판정이 되었다. 그리고 능동감시 대상으로 분류되어 2월 14일까지 관리하게 된다.

어제 오후 5시경에 접수된 50세 여성도 음성으로 판정되었으나 사례관리상 관리제외 대상으로서 격리해제가 되었다. 오늘 상담은 다소 있었지만 의심환자로 분류된 사람은 없었다.

〈 2020. 2. 12.(수) 비 〉

이른 새벽 정신질환자의
의심환자 자진 신고로 한바탕 소동

말을 잘하는 것은 중요하지 않다. 그보다 어떤 말을 하느냐가 중요하다. 그것이 귀와 입과 마음이 열린 사람이 지녀야 할 자세다. 이러한 자세를 갖추기 위하여 여섯 단계의 실천이 필요하다. 바로 "침묵, 경청, 알아듣고 마음에 새김, 감사의 기도, 현재의 처지에 대한 고백, 그리고 말을 하는 것" 이다.

오늘은 겨울옷이 아주 거추장스럽게 느껴진 하루였다. 완전한 봄 날씨였기 때문이다. 이런 날씨 영향으로 하루 일과를 평온하게 보냈다. 코로나19도 이제 종식되려고 하는지 의심환자는 늘어나지 않았다. 그러나 이른 아침 6시 40분경에 한바탕 소동이 벌어졌다. 만취한 한 남자가 확진자와 접촉했다고 119와 112 그리고 우리 보건소에 신고가 되었던 것이다. 근무자의 설명에 따르면 신고를 해놓고 조사에 응하지도 않고, 경찰이 출동해도 문도

열어 주지 않는 등 도무지 의사소통이 전혀 되지 않았다는 것이다. 우여곡절 끝에 경찰과 함께 영대병원까지 가게 되었고 코로나바이러스 감염증과는 전혀 관계가 없었을 뿐만 아니라 정신적으로 문제가 있는 것으로 드러났다. 그래서 결국 본인의 의사에 따라 정신병원에 입원하게 됨으로써 소동은 마무리가 되었다.

이 소동도 하루를 평온하게 한 요인이 아닌가 하는 생각이 들었다. 폭풍우 속에 고요가 오듯이 현재 코로나바이러스 감염증 사태도 머지않아 종식되고 더 아름답고 평화로운 세상이 올 것이다.

저녁에는 사목회의에 참석했다. 지난달에 사정으로 불참해 두 달 만에 참석한 것이다. 사목활동이 활발하게 펼쳐지고 있고, 많은 일을 하고 있다는 것이 느껴졌다. 사목회의 후 모처럼 소통의 시간을 가졌다.

한편 코로나19 상황은 2월 14일 조간신문 발표에 따르면, 국내 확진자 28명, 완치 7명, 접촉자 1,784명, 의심환자 6,483명, 검사 중 562명, 음성판정이 5,921명으로 전해졌다. 또한 중국 포함 세계 28개국에서 확진자 60,377명, 사망자 1,369명, 회복자 6,058명이며, 이 중 중국이 확진자 59,807명, 사망자 1,367명, 회복자 5,988명으로 알려졌다.

남구는 오늘 의심자 신고는 없었다. 어제 검사 중이었던 1명은 음성으로 판정되어 관리해제가 되었다. 2월 14일 현재 남구 관리 대상은 7명이었다.

〈 2020. 2. 14.(금) 맑음 〉

국내 29번 확진자 발생

누군가에게 사랑이 무엇인가를 알게 하려면 자신의 삶을 통하여 보여줌으로써 가르칠 수 있다.

한동안 금방이라도 여름이 올 것처럼 날씨가 따뜻하더니 오늘은 다시 겨울로 되돌아갔다. 아침에는 비도 내렸다.

오전에는 장례미사 참례, 교중미사 참례, 바오로회 참석 등 성당에서 보냈다.

오늘 교중미사에서는 김 골롬바 수녀(툿징 포교 베네딕도 수녀회)님의 '아프리카 탄자니아 니양가' 오지지역에 대한 체험 특강이 있었다.

아프리카에는 HIV환자가 많고, 생활 전반적으로 매우 열악하다고 했다. 유치원에는 놀이기구가 전혀 없었고, 노래와 춤을 추는 것이 유일한 놀이라고 했다.

아프리카 하면 고 이태석 신부님을 떠올릴 것이다. 아프리카에서 가장 필요한 것은 약과 물이라고 했다.

우리 정평성당에서는 이번 사순시기 동안 금육과 금식을 잘 실천해서 절약한 비용을 아프리카에 보내기로 했다. 금육은 좋아하는 음식을 절제한다는 의미다. 다음 주부터 주일헌금 봉헌 시 아프리카 돕기 성금함을 비치하여 별도로 봉헌을 하도록 했다. 성금에 동참을 위해 절제한 생활을 꼭 실천할 것이다.

오후에는 멀리 나들이하는 기분으로 가족과 동네 미나리깡에서 외식을 했다. 주일이라 북적일 것으로 예상했는데 점심시간이 지나서 그런지 비교적 조용했다. 초벌 미나리라서 부드럽고 매우 신선했다. 그리고 집에서 쉬면서 '모든 코리아 KBS아카이브 프로젝트'를 시청했다. 프로야구 이야기를 중심으로 현대사를 돌아볼 수 있었다. 그리고 프로야구 출범배경을 엿볼 수 있었다.

프로그램은 해태구단을 중심으로 구성이 되어있었다. 전 해태선수들의 이야기를 비롯한 역사적인 내용으로 구성되었다. 특히 5·18사건에 모든 것을 결부시켰다는 느낌이 들었다. TV채널을 돌리며 이 프로 저 프로 보다가 졸음이 와서 낮잠도 즐겼다. 이러한 가운데 밤이 되고 말았다. 저녁때가 된 것이다. 모처럼 망중한을 즐겼다. 이렇게 평화로운 시간을 보내서 그런지 혈압도 안정적이었다. 정상 수치인 120/80 이내로 측정된 것이다. 건강에는 무엇보다 휴식과 마음의 평화가 중요하다는 것을 새삼 깨달았다.

오늘은 출근을 하지 않고 집에 쉬면서 코로나19 추이를 살폈다. 국내 29번째 확진자가 발생했다. 한국인 남성으로 해외여행력이 없었다. 서울대병원에서 치료 중으로 전해졌다. 이러한 가운데 확진자 중 9명은 완치판정 받아 일상생활로 복귀했다는 소식도 전해졌다.

중국은 사망 1,665명, 확진자 68,500명, 일본도 12명의 추가확진자가 발생했다는 보도가 있었다. 코로나19 확산세는 전 세계적으로 넓혀지고 있는 실정이다.

〈 2020. 2. 16.(일) 비 〉

신천지교회 신자 대구 첫 확진자(31번) 발생,
청정 대구 무너지다

같은 말속에서도 생각하는 것이 다르다. 하나의 걱정이 영적이라면 하나의 걱정은 육적인 것이다.

본격적인 코로나19 실전이 벌어졌다. 대명10동 신천지교회 신자 1명이 확진자로 밝혀짐에 따라 접촉자를 추적하는 가운데 추가 4명의 의심환자가 1차 검사결과 양성으로 판명됐다.

오늘 컨디션이 그다지 좋지 않은 가운데 비상사태를 맞이하였다. 코로나19 총괄 담당부서장으로 정말 긴장이 되었다. 마음을 가다듬고 대구 신천지교회 현장에 가서 전반적인 상황을 파악했다. 신천지라는 실체를 엿볼 수 있었다.

지난 1월 19일 국내 첫 확진자 발생 1개월여 만에 대구 첫 확진자가 발생한 것이다. 그 주인공인 신천지교회 신자 31번 확진자는 60세 여성으로 밝혀졌다.

발생경위를 비롯해서 확진자 발생에 따른 정보들이 실시간 SNS 및 언론매체를 통하여 빠르게 전해졌다.

31번 확진자는 발열과 폐렴 증상 등을 호소하면서 2월 17일(월) 오후 3시 30분 수성구 보건소를 방문한 것으로 알려졌다.

즉시 대구의료원 음압병동에 격리입원 조치하고, 오후 4시 역학조사 검체, 오후 5시 30분 대구 보건환경연구원 검체 검사의뢰가 되었다. 1차 검사 결과 밤 11경 양성으로 판정되었고, 질병관리본부 매뉴얼에 따라 질병관리본부로 검체를 이송, 질병관리본부 재검사 결과 오전 5시 최종 양성판정을 받았다. 이로써 청정 대구는 무너지고 말았다.

질병관리본부에서 현장 대응팀 12명을 수성보건소에 파견하여 수성구 보건소의 협력하에 이 환자에 대한 1차 2차 역학조사를 실시하였다.

환자 이동경로상에 있는 보건소와 협력해 상세한 이동경로와 접촉자, 방문장소 등에 대한 조치가 취해졌다.

31번 환자가 입원한 대구의료원에서 1차, 2차 역학조사반이 확진자의 진술을 통해 확인한 것은 2월 6일 22시 30분 교통사고를 당해 2월 7일 수성구 '새로난한방병원'에 21시 입원조치 되었다고 했다. 그리고 2월 7일부터 17일까지 대부분 병원에서 치료를 받았다고 했다. 1차 2차 역학조사 결과 이 환자는 2월 9일, 16일 오전 대구 남구 소재 대구 신천지교회에서 2시간 동안 2차례 예배를 본 것으로 밝혀졌다.

그리고 2월 19일 오전 동구 퀸벨호텔 뷔페에서 식사를 했고, 6

일부터 7일에는 직장인 씨클럽에서 근무한 것으로 알려졌다. 또한 병원 내에서는 입원실 물리치료실에 머물렀다고 했다. 상세한 접촉자는 동선에 따라 질본의 즉각 대응팀과 다중시설이 소재한 동구, 수성구, 남구, 거주지인 서구 등의 보건소와 구청, 대구시 재난안전대책본부에서 긴밀하게 대응을 했다.

브리핑과 정보의 공개는 정확히 파악됐을 때 하는 것이 혼란을 방지할 수 있기 때문에 정확하지 않은 것들을 미리 예측해서 발표를 하지 못한다고 방역당국은 밝혔다.

확진자 감염경로에 대한 조사결과는 최근 한 달 이내에는 국외 여행력이 없었다.

병원에 입원해 있는 동안 이동수단은 택시와 자가용을 주로 이용한 것으로 전해지고 있었다. 현재 가족으로는 남편과 자녀 2명 등 3명이 자가격리를 하고 있는 상태였다. 진료를 받았던 병원에는 당시 환자 33명이 입원하고 있었다. 당장 폐쇄는 하지 않았다. 환자 대책과 병원출입에 따른 논의가 진행되었다.

교회, 호텔은 질본 지침에 따라 조치를 취할 것이라고 전해졌다. 질본 관계자는 확진자가 방문한 곳이라 하더라도 방역소독을 한 뒤 하루 정도 폐쇄하고 개방해도 무방하다고 했다. 질본과 추가 협의를 통해 얼마 동안 폐쇄할지 논의를 해야 하지만 우리 남구는 바로 폐쇄권고 공문을 발부했다.

31번 확진자가 근무하는 것으로 알려진 씨클럽은 무엇을 하는 지는 밝혀지지 않고 있다. 아직 교회에서의 접촉자는 상세하게 파악되지 않았다. 그리고 관련 CCTV, 카드내역 등을 통해 추가적인 이동경로가 있는지 파악 중이다.

이분이 갔던 교회, 뷔페식당에서의 정확한 접촉자 파악, 한방병원 의료진 통제조치, 야간에 근무했던 직원들 병원 내 대기조치, 야간근무 아닌 어제 퇴근한 직원은 자가대기해 줄 것을 요구하는 조치가 이루어졌다. 한편 질본은 1월 29일 31번 확진자가 다닌다는 씨클럽 서울 강남소재 본사를 방문했다. 씨클럽 본사 부분 확인 작업이 이루어지고 거주지 상황에 대한 확인이 이루어졌다. 그리고 2월 9일, 16일 신천지교회 예배자에 대한 조사가 이루어졌다.

한편 교회현장의 역학조사 상황을 현장에서 실시간 SNS(단톡방)를 통해 남구 재난안전대책본부와 공유를 했다. 질본에서는 그다지 중대하게 판단하지 않은 것처럼 보였다. 교회 폐쇄는 안 해도 된다는 의견이 전해졌다. 오늘은 소독 때문에 출입을 금하고 내일은 정상적인 운영을 해도 된다는 것이다.

교회 신자에 대한 자가격리 대상은 질본에서 결정해 준다고 했다. 그래서 보건소에서는 상담이나 문의가 오면 안내만 하면 될 것이라고 말했다. 그리고 CCTV 분석 등 현장상황을 봤을 때 자가격리 대상자 결정은 상당한 시간이 걸릴 것으로 판단되었다. 그러나 질본 관계자는 오늘 중으로 결정될 것이라고 했다. 우려할 만큼 많지는 않을 것으로 전망했다.

불특정 다수라고 볼 수 있기 때문에 예배 본 사람을 대상으로 증세가 있을 경우 진료를 받으라는 안내 수준이 될 수 있다고 했다. 우리가 예상하고 있는 자가격리 대상과는 전혀 다른 견해를 가지고 있었던 것이다. 우리 입장에서는 교회 구조가 완전폐쇄 상태이기 때문에 예배에 참석한 전원을 대상으로 자가격리를 해야 한다고 판단했다.

오늘 일과 중에 신천지 관련 접수 신고 현황은 CCTV 현장파악을 통한 밀접접촉자 6명으로 남구 주민 5명, 타 구 1명이었다. 그리고 선별진료소 접수가 9명이었다. 이 중 남구 8, 수성구 1명이었다.

이러한 가운데 밤늦은 시간에 남구 소재 바오로성당 노건우 신부님께서 의심환자로 긴급 신고접수가 되어 선별진료소에서 검체를 하여 보건환경연구원에 의뢰하는 등 한바탕 소동이 벌어졌지만 다행히 음성으로 나타났다.

질본에서는 K 역학조사반원이 신천지 대구교회 현장 조사를 했다.

교회시설은 지하 1층 지상 9층 건물이었다. 시설 운영은 1층 휴게실, 2층 공실, 3, 5, 9층은 사무실로 사용한다고 했다. 예배당은 지하 1층과 4, 6, 7, 8층을 이용한다고 했다. 신천지 대구교회는 주일 예배로 오전 8시, 정오, 오후 4시 네 차례에 걸쳐 예배를 한다고 했다. 31번 환자가 참여한 예배는 2월 9일과 2월 16일 참여한 예배 장소는 4층으로 당시 450여 명이 참석한 것으로 전해졌다.

평소 8시 예배에는 5~6백 명이 참석한다고 했다. 4층의 경우 밀집해서 앉으면 1천 명이 참석할 수 있다고 했다.

지문인식기를 통하여 예배참석자를 확인한 결과 2월 16일에는 438명, 2월 9일은 오작동으로 나타나 정확한 파악을 할 수가 없었다. 질본에서 나온 김지은 역학조사관의 진단결과에 의하면 상당한 시간이 지났기 때문에 이미 균은 없다고 봐야 한다. 소독 후 내일부터 예배를 봐도 된다는 의견이었다. 오늘은 소독 때문에 임시 폐쇄를 한 상태였다. 한편 CCTV는 입구와 계단 부분에만 있었다.

예배당에는 없었다. 오후 2시에 정례 브리핑서 교회 명칭이 실명으로 공개되었다.

자가격리 대상을 통지함에 있어서는 개인정보는 절대 공개해서는 안 된다는 전제하에 이루어져야 한다. 일반수칙 공문으로 발송해야 한다. 자가격리 기준은 환자와 반경 2m 이내가 원칙이고, 최종 대상은 질본에서 결정해 준다고 했다.

보건소로 상담이나 문의가 오면 안내만 하면 될 것 같다는 등 현장 상황을 실시간 보고계통을 통하여 전했다. 정말 오늘 하루는 전쟁을 방불케 할 만큼 코로나19와의 전쟁을 펼친 하루였다.

오늘부터 완전 전투상황이 됨으로써 남구 재난안전대책본부장인 조재구 구청장은 전쟁을 선포하고 김영기 부구청장을 보건소에 상주토록 하였다.

〈 2020. 2. 18.(화) 맑음 〉

보건소 일반업무 전면 중단

폭풍우 속에도 봄이 오고 꽃은 핀다.

이 난리 코로나19도 지나가고 평화가 올 것이다. 오늘은 코로나 19와 전면전을 펼친 하루였다. 코로나19 남구 주민 중 신천지신 자 4명이 확진자로 진단됨에 따라 비상사태가 벌어졌다. 이른 아 침에 출근해서 보고계통을 통하여 현재 상황과 보건소 일반업무 전면 중단이 필요하다는 검토보고를 했다. 상황이 긴박한 만큼 우선 직원들을 비상근무 하도록 하고 조재구 구청장으로부터 보 건소 일반업무 전면중단 재가를 받았다.

그리고 코로나19 대응에 총력을 기울였다. 코로나19가 종식될 때까지 완전폐쇄를 내리는 것으로 결정이 되었다. 또한 전 직원 들을 동원해서 접촉자 색출에 들어갔다. 보건소 내 상황실을 확 대 설치하고 코로나 대응반을 즉각 가동했다.

신천지신자들로 인한 감염 차단을 위하여 대명6, 9, 10, 11동을 비롯한 자원봉사센터 신천지교회 신자 파악과 구청, 동 조직단체 신천지신자 봉사활동 참여 전면 중단을 해 줄 것을 관련부서에 전했다. 그리고 확진자 대량 발생을 대비하여 환자수송을 위한 행정차량과 운전원 총동원을 요청했다. 재난안전대책본부장인 구청장의 지시로 종교시설 집회자제요청을 했다. 감염은 사람과의 접촉으로 이루어지기 때문에 현재 계획된 행사, 집회 등을 전면 중단해 줄 것을 관계부서에 요청했다. 그래서 대명2동 재건축 설명회를 비롯한 일정이 확정된 행사는 전면 취소가 되었다. 보건소에 전화가 마비될 정도로 전화가 빗발쳐 콜센터 전용전화를 5대로 증설하고 콜센터 전담직원 5명을 지원요청 해서 즉시 보강하였다.

구청에서는 직원들은 출장 자제와 비상에 대비하도록 하고, 전직원에게 코로나19 대응에 따른 비상대비와 감염예방 기본수칙을 철저히 이행해 줄 것을 당부하는 문자를 일제히 발송하였다.

지역 내 감염확산 방지를 위하여 신천지 대구교회 인근 대명6, 9, 10동을 중심으로 합동방역을 실시하였다. 또한 신천지신자들의 전면 자가격리 통지와 함께 진단검사를 실시토록 함으로써 검체채취요원을 증원하고 4교대로 해서 검체가 끊이지 않도록 조치하였다. 업무의 효율성을 위하여 각 부서별로 업무를 분담하여 코로나19 대응의 효율성을 기하였다. 자가격리자에 대한 생필품 전달 및 접촉자 관리는 행복정책과에서 맡기로 했다. 고재광 행복정책과장이 자발적으로 솔선수범하여 업무를 맡겠다는 의지를 표명함에 따라 각 부서에서도 모두가 주인의식을 가지고 동참했다.

이렇게 긴급한 상황을 정리하고 장기적인 대응을 위한 준비를 했다. 갖추어야 할 장비를 챙겼다. 공무원이 안전해야 주민들을 안전하게 보호할 수 있기 때문에 우선 구청에 열 감지 카메라 설치, 구청 출입문 통제, 선별진료소 기능보강, 인력 및 장비 보강을 비롯하여 전반적인 대응방안을 강구했다.

이러한 가운데 남구 확진자는 10명으로 늘어났다. 그중에 1명이 동구의 한 어린이집 교사로 밝혀져 어린이집 부모들이 울분을 터트렸다. 어린이집은 폐쇄하는 것으로 결정했다.

2월 19일 남구 코로나19 종합상황은 의심환자 총 207명이 검사를 받았다. 일과 중에 확정된 확진자는 13명이었다. 그중 2명은 타구로 이관함으로써 남구 주민 확진자는 총 11명이었다.

〈 2020. 2. 19.(수) 맑음 〉

오르막이 없는
내리막은 없다

2부

보건소 신천지신자 자가격리

고통 안에 기쁨이 있고, 기쁨 안에 고통이 있는 것이 우리 삶의 이치다. 그림자 없는 빛, 밤이 없는 낮, 오르막이 없는 내리막은 존재하지 않는다.

우리는 다가오는 고난과 역경을 피하려고만 하고 오직 평화와 기쁨만을 추구하려는 것은 아닌지?

이른 아침부터 전화가 빗발쳤다. 단순한 감기증세만 있어도 문의를 하고 검사를 해 달라고 떼를 쓰는 사람도 있었다. 전문인력은 부족하고 환자는 계속 늘어나고 있다.

해법은 무엇보다도 각자의 인식이 중요하다. 현재 상태에 이르게 된 경로를 잘 살펴봐야 할 것이다.

오늘 코로나19 대응에 따른 변화된 상황은 질본에서 공중보건의 3명을 선별진료소에 배치되었다. 그리고 선별진료소 기능보강으로 경북대학병원에서 음압텐트를 지원받았다. 그리고 구청으로부터 운전원 4명이 더 추가지원 되었다.

보건소 내에 코로나19 대구 첫 확진자 진원지인 신천지교회 신자가 있는 것으로 밝혀졌다. 스스로 밝힌 것이다. 이 소식을 접하면서 보건소 내 감염을 우려하는 직원들의 목소리가 들리기 시작했다. 장본인은 곧바로 자가격리가 되었다. 그리고 밀접 접촉한 직원들은 진단검사를 받았고, 보건소 내 방역소독을 실시하였다.

이러한 가운데 신천지신자를 비롯한 주민들의 확진이 지속적으로 늘어나고 진단검사를 받기 위하여 선별진료소로 봇물 터지듯 밀려왔기 때문에 남구 보건소 선별진료소는 전국의 이목이 집중되고 언론의 취재경쟁이 치열하게 펼쳐졌다.

오늘은 MBN, MBC, t-broad에서 선별진료소 운영상황을 취재하였으며, 이에 따른 인터뷰에 임했다. 취재내용은 선별진료소 운영현황과 진단검사 인원 및 주민들의 반응, 선별진료 운영에 따른 애로사항, 보건소 업무중단 사유 등에 대한 것이었다.

오늘 코로나19 대응상황으로는 방역반을 기동 배치하여 신천지 대구교회를 중심으로 대명6, 10동 지역에 집중 방역소독을 실시하였다.

2월 20일 코로나19 상황은 의심환자 총 접수는 182명, 확진자 45명이 추가 발생하여 전날 9명에서 54명으로 급격히 늘어났다.

〈 2020. 2. 20.(수) 맑음 〉

보건소 방문민원인 확진자 발생

 사랑을 실천하지 않으면 자기도 따뜻해지지 않는다. 흔히 십자가라는 단어가 나오면 '고통' 이라는 말을 먼저 떠올린다. 그러나 십자가는 단순히 '고통' 만을 의미하지 않는다. 다른 사람을 위하여 사랑을 나누고, 그 인에서 겪게 되는 고통이 십자가다. 그러한 십자가를 지고 사랑을 실천할 때 다른 이도 살리고 우리 자신도 살 수 있다.

 어제 진단검사를 받아 확진판정을 받은 사람 중 한 명이 보건증을 발급받기 위하여 2월 14일 남구 보건소를 방문한 사실이 밝혀졌다. 그래서 새벽 3시에 급히 사무실에 출근했다. CCTV 회로를 통해 보건소 내에서의 접촉자를 색출했다.
 밀접접촉자는 4명으로 확인되었다. 그래서 4명에 대해서는 곧바로 자가격리에 들어갔다. 그리고 보건소를 어떻게 할 것인지

고민을 했다. 당시의 상황을 종합분석해서 일시적 폐쇄 등 특단의 대책이 필요할 것으로 판단되었다. 현재 남구 보건소 선별진료소 운영상황으로 볼 때 보건소를 완전 문을 닫는다는 것은 불가하다는 것으로 판단을 내렸다. 그래서 이른 아침 보건소 청사를 비롯한 주변에 대한 대대적인 방역소독을 실시하고 선별진료소는 정상적으로 운영하고, 사무실은 10시부터 정상근무를 하기로 했다.

방역소독은 전문 방역업체에 긴급 의뢰했다. 오전 9시 전에 방역을 실시하고 소독약의 잔류가 소멸하는 시간인 30분이 지나 곧바로 업무는 시작되었다.

이러한 가운데 어제 진단검사한 사람들의 결과가 나왔다. 확진자는 급격히 늘어나 총 66명이 되었다. 확진자 대부분은 신천지 신도였다. 이들이 얼마나 많은 사람과 접촉을 했는지가 문제점으로 대두되었다. 방역당국에서는 감염차단과 확산방지를 위해서는 무엇보다도 신천지신자들의 철저한 자가격리와 빠른 시일 내에 진단검사를 마무리해야 한다는 데 초점이 맞추어졌다. 이에 따라 선별진료소의 상황은 더욱 긴박하게 진행되었다.

오늘은 조재구 구청장께서 직접 보건소를 방문하여 현장지휘를 하였다. 지금까지 상황보고와 함께 선별진료소 효율적인 운영 등 전반적인 상황에 대한 폭넓은 의견 수렴이 있었다. 이에 따라 선별진료소 음압텐트를 1개소에서 2개소로 증설하였으며, 공중보건의 3명 추가보충, 구급차량 1대에서 2대로 증차, 선별진료소 질서계도와 유사시 대비를 위한 경찰 2명을 고정 배치하였다.

이러한 가운데 언론의 취재도 끊이지 않았다. 오늘도 TBC, 대구 MBC, 매일신문에서 대구지역 확진자 폭증에 따른 선별진료소 운영실태, 애로사항 및 개선대책 등에 대한 취재를 했고, 이에 따른 인터뷰를 했다. 인터뷰를 통해 가장 시급한 것이 의료진을 비롯한 대응 인력이라는 것과 환자수송에 따른 차량지원이 절실하다는 것을 전했다.

〈 2020. 2. 21.(목) 낮 맑았다가 밤늦게 비 〉

선별진료소 음압텐트 철거 소동

쉬는 토요일이지만 오늘도 코로나19와 치열한 전투가 펼쳐졌다. 이러한 가운데 아침부터 황당한 일이 있었다. 지원부대라 할 수 있는 대구시에서 현재 코로나19 전투의 최전방에서 방어막 역할을 하는 현장 남구 보건소에 설치되어 있는 음압텐트를 철거해서 가져가겠다고 한 것이다.

필요한 모든 것을 지원해 주겠다고 한 대구 총사령관의 말과는 정면 배치되는 것이었다. 더욱 어처구니없는 것은 오늘 하나 더 지원해 주는 것으로 되어있어서 자리까지 마련했다. 이것은 장수들과의 약속인 것이다. 그런데 터무니없이 지원해 준 진지를 거두어 가겠다는 것이다. 우리도 힘겹지만 상급 부대가 무너지면 안 된다는 마음으로 지원해 주기로 하고 진지를 철거했다. 그런데 곧바로 원상복구를 하라는 말이 전해졌다. 순간 눈물이 앞을 가렸다. 앞이 보이지 않는 암울한 전투 현장에서 상급부대 판단이 이래서 어떻게 전투를 치를 수 있겠는가 하는 비애가 느껴졌다. 이것뿐만 아니다. 병력 지원은 더욱 황당했다. 인원과 지원시간 요구사항 등 이루 말할 수 없는 엇박자를 낸 하루였다. 그래도 우리 남구가 무너지면 대구시가 무너질 수 있다는 생각으로 눈물을 머금으면서 우리는 철거했던 진지(음압텐트)를 다시 설치하고 다시 전투에 임했다. 한편 음압텐트를 설치하고 철거를 하기 위해서는 10여 명의 장정이 필요하고 시간도 한 시간여가 소요된다.

오늘은 대구시 재난안전대책본부 주관 대구시 재난안전대책상황실에서 코로나19 대응에 따른 회의가 있었다. 이날 회의에는 보건소장과 감염예방팀장이 참석했다. 그리고 신천지신자 전수조사에 따른 가정방문 체검인력 및 장비보강이 있었다. 공중보건의를 15명으로 증원하고, 보건복지부로부터 간호사 6명을 지원받았다. 그리고 구청 행정차량 18대와 운전원 18명을 지원받았다. 그리고 강풍을 대비하여 구청버스를 선별진료소에 배치하였다. 또한, 행정지원인력으로 대덕문화전당 팀장 3명이 상황종료 시까지 지원되었다.

오늘도 언론 취재는 이어졌다. 대구MBC에서는 선별진료소에서 조재구 청장의 인터뷰가 있었고, SBS에서 선별진료소 현장 및 운영상 문제점 등에 대한 취재를 하고 보도를 했다.

오늘 선별진료소에서 실시한 진단검사 인원은 158명이고 지금까지 누계는 480명이 검사를 받았다. 이 중 103명(21.4%)이 확진 판정을 받았다. 그리고 자가격리 중에 있는 사람은 796명이었다.

〈 2020. 2. 22.(토) 맑음 〉

방문검체 및 선별진료소 인력 보강

공부는 친구와의 경쟁이 아니다. 진정한 싸움은 친구들과 하는 것이 아니라, 나 자신과 하는 것이다. "원수를 사랑하여라."라는 말은 "나 자신과의 싸움에서 나를 극복하게 하는 힘이다."

오늘부터 새로운 코로나19에 대한 대응이 펼쳐졌다. 공중보건의 15명 지원으로 해서 방문을 통한 신천지신자에 대한 전수조사를 실시했다. 이에 따른 차량과 운전원, 행정인력 15명이 필요했다. 그래도 인력은 절대 부족하다. 조를 어떻게 편성해야 할지 고민이 되었다. 탄력적인 조 편성으로 업무의 효율성을 기할 필요가 있는 것으로 판단되었다. 그 답은 현장에 분명히 있을 것이라는 생각으로 대응에 임했다. 이러한 현실에서는 모두가 중심을 잃지 말아야 한다고 생각했다. 전투가 장기화되면서 많은 사람이 지쳤다. 그러기에 말을 조심해야 한다. 긍정적인 말 외에는 하지 않는 것이 좋을 것이다. 자신도 모르게 다른 사람의 기분을 언짢게 할 수 있다. 말대꾸하지 말고 정중하게 실수를 인정하고 서로 공감할 수 있는 방향으로 화두를 돌리는 지혜를 발휘하면 좋을 것이다.

오늘은 또 다른 변화가 있을 것이다. 모두의 목표는 코로나19 종식이다. 이 목표를 위해 서로에게 힘이 되는 말만 하는 하루가 되었으면 좋겠다. 나도 모르게 어제는 목소리를 높인 하루였다. 오늘은 밝은 미소와 활력이 넘치는 기분으로 전투를 펼칠 것이다. 이렇게 기도하는 마음으로 하루를 시작하고 마무리했다.

우리 남구의 전투현장이 긴박하게 진행되고 있는 만큼 2020년 2월 23일 감염병 경보단계는 최고단계인 '심각'으로 격상되었다. 이에 발맞추어 방문검체 및 선별진료소 근무조를 재편성하였다. 의사 9명, 간호사 6명, 공무원 10명으로 해서 방문검체조를 9개 조로 편성하고 선별진료소에는 공중보건의 3명에서 5명으로 보강하였다.

오늘은 일본 후지텔레비전에서 선별진료소 현장을 취재했다.

2월 23일 진단검사 인원은 196명이며, 누계 676명이었다. 오늘 발생한 확진자는 67명이며 총 170명으로 늘어났다.

〈 2020. 2. 23.(일) 맑음 〉

자가격리 가출청소년 감염예방 팀장 집으로

자존심을 지나치게 내세우기보다 먼저 용서와 화해를 청할 수도 있고, 시간을 들여 다른 이들을 위하여 봉사를 할 수도 있다. 경솔한 충고나 자기주장을 말하기보다는 다른 이의 소리를 기꺼이 들을 수도 있고, 우리가 소유한 것들을 내놓아 자선을 베풀 수도 있다.

오늘은 어떤 전략과 전술로 대응할 수 있을까? 이제는 의료진과 차량을 비롯한 현장 지원은 완전한 체계를 갖추었다. 앞으로는 확진자와 검사를 마친 자가격리 대상 등 관리업무에 더 관심을 가져야 할 것으로 판단되었다.

퇴근 시간이 지나서 대구시 안전정책관실에서 선별진료소 운영실태조사를 위하여 보건소를 찾았다. 그때 나는 전화통화를 하느라 제대로 대화를 나누지 못했다.

현재 총괄책임관인 김영기 부구청장께서 안전정책관실에서 나온 사람과 대화를 했다. 단순한 현장 실태파악과 자신들이 궁금한 사항을 물은 것 같았다. 결국 부구청장은 언성을 높였고 그들은 그냥 돌아가고 말았다. 같은 공무원으로서 미안한 감이 들어 저녁 식사 후 송구한 마음을 전했다. 많이 당혹스러웠을 것이다. 상황을 파악하는 것도 좋지만 체계적으로 이루어져야 하는데 오늘 하루만 연락관과 실무적 상황을 확인차 대구시에서 세 차례나 보건소를 찾아왔다. 참 황당하다는 생각이 들었다. 목적과 대안을 가지고 현장을 찾아왔으면 서로 소통이라도 되었겠지만 단순 상황점검과 근무실태를 점검하는 차원이었기 때문에 오히려 일을 방해하는 격이 되었던 것이다. 어제 박능후 보건복지부 장관께도 분명히 전했다. 어떤 정책을 펼칠 때는 사전에 현장의 소리를 듣고 입안하고 지원을 해야 한다는 것을!

오늘도 확진자는 늘어나고 선별진료소를 찾는 발길은 끊이지 않았다. 이제 신천지와 중국, 확진자 접촉 등 감염원을 모르는 유증상자가 날로 늘어나고 있다. 사회적 감염이 큰 문제로 대두되고 있다는 것이다. 현재 추진하고 있는 대응책이 올바른지 냉철히 판단해 볼 필요가 있다. 전시적이고 실적 위주라는 인식을 심어주는 선별진료소 방문이나 지원은 절대 안 될 것이다.

오늘도 새로운 지침이 떨어졌다. 신천지신자들은 무조건 검사를 해 주어야 한다는 것이다. 이미 우리 남구는 그렇게 될 것으로 예상하고 대응해 왔기 때문에 새로운 지침은 아니었다,

또 새로운 돌발사건이 발생했다. 가출청소년 3명이 선별진료소

로 접수가 되었다.

　3명 중 1명은 확진자였고 2명은 접촉자로 자가격리를 해야 하는 상황이 발생한 것이다. 이들은 마땅히 갈 곳이 없어 시내에서 활보하고 있었다. 그래서 경찰의 도움을 받아서 보건소까지 데리고 왔다. 확진판정을 받은 1명은 우여곡절 끝에 병원으로 이송했다. 두 명은 검사를 하고 결과가 나오는 동안 갈 곳이 없어서 보건소 음압텐트에서 대기를 시켰다. 또 한 명이 확진자로 판정되어 병원으로 이송해야 할 상황이 되었다. 그리고 음성을 받은 한 명도 격리가 필요하지만 갈 곳이 없어서 막막한 상태였다. 다행히 늦은 시간이지만 병실이 나서 양성을 받은 한 명은 병원으로 이송했다. 이제 자가격리를 해야 할 한 명이 문제였다. 부모와 연락이 닿았지만 아이를 당장 데리고 갈 여건이 되지 못한다고 했다. 내일 데려가겠다고 해서 결국 김외숙 감염병예방팀장의 자택으로 가서 하루를 묵게 되었다. 이렇게 가출청소년 소동은 일단락이 되었다. 이처럼 살신성인의 마음으로 맡은 바 소임을 다하는 일선 공무원의 마음을 누가 헤아려 주겠는가?

　오늘 코로나19 상황은 신규확진 126명이 발생하여 총 확진자는 555명이 되었다.

　그리고 이 중 입원 230명, 입원 대기 중에 있는 사람이 225명이다. 한편 검체는 당일 329명이고 총 검체 인원은 2,088명이다.

〈 2020. 2. 28.(금) 흐리고 비 〉

파견간호사 확진 선별진료소 업무 전면 중단

오늘 비록 내가 천사로 산다고 할지라도 내일 사탄으로 돌변할지 모르는 변화무쌍한 것이 우리네 삶이다. 참으로 종잡을 수 없는 나다. 그래서 변화무쌍한 세상에서 필요한 것이 인내 또 인내다. 심호흡하고 또 심호흡하는 것이다. 용서하고 또 용서하는 것이다. 비우고 또 비우는 것이다. 수시로 내 안의 사탄을 몰아내는 작업이다.

3월을 시작하는 첫날, 화창한 봄 날씨가 마음을 설레게 했다. 그렇지만 오늘도 코로나19와 전투를 하면서 보내야만 했다. 아침부터 선별진료소에는 검사를 받기 위해 찾아온 사람들의 행렬이 이어졌다. 직원들과 파견 온 의료진들 모두 쉴 틈 없이 맡은 바 최선을 다하고 있는 모습이 보기 좋았다.

보건복지부에서는 새로운 검사방식을 도입해서 각 보건소에

보급하기로 했다는 소식이 전해졌다. 바로 '드라이브 스루 방식' 이었다. 즉 차를 운행하면서 체검을 하는 방식이다. 어제부터 시험 실시결과 효과가 있다고 했다. 우리 남구는 여건상 할 수 없었다. 그래서 수성구에서 남구 주민을 이용할 수 있도록 안내를 해달라는 요구가 왔다. 그러나 수성구 주민들의 수요가 많기 때문에 무산되었다.

이제 우리 방식대로 선별진료소를 거점으로 이동 검체에 더욱 박차를 가할 수밖에 없었다. 아침부터 선별진료소에는 사람들의 발길이 끊이지 않았다. 이러한 가운데 선별진료소 파견간호사 김 *숙(교통·재활병원) 선생이 확진판정을 받게 됨에 따라 진단검사는 오후 3시부터 전면 중단되었다.

한편 김 간호사는 파견간호사 중 맏언니로서 모든 면에서 솔선수범을 보여주었다. 처음 파견 왔을 때 조를 편성하는 가운데 자진해서 선별진료소 최일선에서 근무하기로 자원을 했고, 근무 중에도 궂은일을 앞장서 하고, 늘 긍정적인 마인드로 근무에 임함으로써 함께 파견 온 의료진은 물론 보건소 직원들로부터 신뢰를 받았다. 이처럼 살신성인의 마음으로 코로나19 종식에 앞장서 왔는데 안타깝게도 확진이 됨으로써 동료들의 마음을 더욱 아프게 했다. 이러한 가운데 오늘 결과는 놀랄 만큼 많은 검사 실적을 거양하였다. 629명이라는 많은 사람에 대한 검체체취를 한 것이다.

열정적으로 한 만큼 보람도 있었으면 좋겠지만 돌아오는 것은 언제 어떻게 감염이 되지는 않았을까 하는 우려와 한탄의 목소리만 들린다. 어쨌든 하루라도 빨리 코로나19가 종식되었으면 하는 바람뿐이다. 파견된 간호사 1명이 확진판정을 받게 됨에 따라 새로운 전략을 세워야 했다. 김영기 부구청장을 중심으로 활발한 논의가 이루어졌다.

심도 있는 논의 끝에 내일까지 선별진료소는 쉬기로 했다. 역학조사 결과에 따라 적절한 대책을 강구하기로 하고, 만약을 대비해서 의사 20명, 간호사 20명을 충원해 줄 것을 요청했다.

일단 보건복지부로부터 긍정적인 답변은 들었다. 뜻하지 않은 휴식 시간을 맞이하게 되었다. 잠시 숨을 돌리고 새로운 전략과 전술을 짜는 시간을 가지게 된 것이다. 우리가 살아가는 사회는 늘 전화위복의 연속이다. 오늘 이 일이 더 나은 내일을 준비하는 계기기 될 것이라 믿으며 하루를 정리했다.

해가 지고 선별진료소에 사람들의 발길이 끊길 무렵 고성을 지르는 40대 남자 한 사람이 찾아왔다. 영문도 모르고 자가격리하라는 문자메시지를 받았다는 것이다. 시청에서 보건소로 가라고 해서 왔다고 했다. 이름은 박*식이다. 우리 보건소에 통보된 명단에는 없었다. 확인을 위하여 시청상황실로 전화를 했다. 전화는 불통이었다. 이러한 가운데 목소리는 높아지고 먹을 것을 달라고 떼를 쓰기도 했다.

그래서 컵라면 등을 챙겨주었다. 그런데 밥을 달라는 등 억지 주장만 했다. 한바탕 소동을 벌이다가 지쳤는지 오늘은 일단 집으로 갔다.

신천지와 전혀 관계가 없다고 했는데 나중에 확인 결과 신천지 교육생으로 자가격리 통보가 되었다.

한편 코로나19와 치열한 전투가 벌어지고 있어 한동안 딸의 소식을 듣지 못한 안타까운 마음에 이성은 전문관의 아버지께서 직접 보건소를 방문하셨다. 보건소 내에는 들어갈 수 없어 딸이 무사하다는 소식만 전해 듣고 집으로 발길을 돌리는 모습이 참으로 마음이 아팠다. 정말 전쟁터라는 것을 실감 할 수 있었다.

3월 1일 현재까지 상황은 전국 확진자 수는 3,736명이며 대구가 2,705명이라는 질본의 발표가 있었다. 이 중 우리 남구는 819명으로 대구의 30.3%를 차지했다.

남구 확진자 중 383명이 입원하고 436명이 입원 대기 중에 있다. 오늘 진단검사는 629명으로 방문 검사 283명, 선별진료소 224명, 그리고 파견간호사 확진에 따른 파견 의료진 및 직원 122명이 특별검사를 받았다.

〈 2020. 3. 1.(일) 맑음 〉

선별진료소 의료진 대폭 보강

"너희가 내 형제들인 이 가장 작은 이들 가운데 한 사람에게 해 준 것이 바로 나에게 해 준 것이다." (마태25, 40)

오늘도 날씨는 봄날이건만 코로나19는 숙질 기미를 보이지 않고 있다. 어제 우리 보건소 파견간호사 1명이 확진판정됨에 따라 오늘은 방역과 의료진 재구성을 위해 검체채취를 중단했다. 이에 따라 우리 남구 보건소가 언론의 이목을 끌었다. 전화를 통한 취재와 현장 방문취재가 잇달았다. 현장 실무책임자의 한 사람으로 대응을 했다. 업무중단에 대한 현장의 실정을 알리기 위한 취재였다. 코로나19에 대한 인력을 비롯한 전반적인 대응 상황을 살피고 개선할 사항과 주민들의 역할을 전하는 데 포커스를 맞춘 취재였다. 이러한 언론보도가 주민들에게 긍정적으로 전달이 되었으면 하는 바람으로 인터뷰에 응했다. 나는 최일선에서 살신성인의 정신으로 맡은 바 최선을 다하는 직원들의 목소리를 전했다.

오늘은 비록 선별진료소 운영은 하지 않았지만 분주하게 하루를 보냈다.

오늘부터 새로운 전투태세를 갖추었다. 간호사 1명의 확진판정으로 의료진들이 자가격리를 해야 하고 확진간호사는 입원치료를 받아야 하는 등 의료진에 변화가 생겼기 때문이다. 어제 요청했던 의료진 34명이 중수본으로부터 파견된다는 소식을 들었다. 의료진이 대폭 강화된 것이다. 비록 돌발 상황 발생으로 검사는 일시 중단하였지만 그동안 검사한 결과를 분석하고 앞으로 보다 체계적인 대응이 이루어질 수 있는 계기가 되었다.

어제 검체에 대한 검사결과가 나왔다. 확진자 156명이 추가되어 누적확진자는 총 975명으로 늘어났다. 제2차 의료진 34명(의사 2, 간호사 20, 임상병리 12)이 추가 파견됨에 따라 기존 공중보건의 20명 등 총 54명의 의료진으로 팀이 꾸려지게 되었다.

보강된 의료진과 우리 남구 공무원 모두가 합심함으로써 코로나19는 빠른 시일 내에 종식될 수 있을 것이다.

이렇게 새로운 체제를 꾸리고 있는 가운데 우려했던 직원들의 건강 이상이 가시적으로 드러나기 시작했다. 감염병 전문관인 이성은 주무관이 눈을 뜰 수 없을 정도의 눈 질환을 겪게 된 것이다. 컴퓨터 앞에서 밤낮으로 앉아 역학조사를 하고, 자료를 챙기는 데 혼신의 힘을 다했기 때문이다. 이성은 감염병전문관은 병원에 갈 새도 없을 만큼 일이 과중된 것이다. 인력지원을 하지만 한계

가 있었다. 응급처방으로 안대를 하고 고통을 참아가면서 맡은
바 소임을 다하는 모습이 동료들의 마음을 아프게 했다. 안타깝
고 애처롭기도 하지만 한편으로는 동료들의 힘을 모으는 촉매가
되었다. 코로나19로 인한 안타까운 소식은 계속 이어지고 있다.

남구의회 이희주 행정자치위원장 장모께서 코로나19 확진으로
사망을 했다는 소식을 들었다. 어떤 연유로 양성을 판정받았는지
모른다고 했다. 이번 코로나19와의 전투를 치르면서 가족 간의
소통이 무엇보다도 중요하다는 것을 새삼 알게 되었다. 우리나라
는 종교의 자유를 철저히 보장하고 있다. 그러나 떳떳하게 밝히
고 신앙생활을 할 수 있는 종교문화가 형성되어야 할 것이다.

어떤 종교든지 사람을 위한 종교로 교리를 가르쳐야지 세력을
키우기 위해 포교를 하거나 경제적 논리를 적용해서도 안 될 것
이다. 대구의 첫 확진자로 인한 대유행이 전적인 종교적인 문제
는 아닐 것이다. 그러나 이번 사태를 계기로 종교에 대한 인식의
전환이 있길 기대해 본다.

한편 대구 첫 확진자 진원지인 신천지신자에 대한 전수 진단검
사가 오늘까지 마무리하는 것으로 계획되어 있었다. 2월 25일까
지 우리 남구로 통보된 신천지신자는 1,638명이었다. 이 중 1,353
명에 대한 진검사를 완료하였다. 275명은 주소 불명 등으로 계속
추적 중에 있다.

〈 2020. 3. 2.(월) 맑음 〉

의료진 보강으로 새로운 선별진료소 운영체계 구축

감사하며 사는 사람에게는 감사할 일이 더 많아진다. 사실 우리는 많은 것을, 거의 모든 것을 받으며 살아가기 때문이다.

오늘도 코로나19와의 전투는 아침부터 치열하게 펼쳐졌다. 이른 아침부터 선별진료소에는 사람들의 발길이 이어졌다. 조용히 기다리는 사람들도 있었지만 분노를 표출하는 사람들도 있었다. 아침에는 확진자와 접촉으로 불안해서 집에서 스스로 격리를 했는데 왜 보건소에서 검사를 받게 하지 않았느냐고 화를 내서 그 이유를 설명하려고 나서다가 나도 모르게 언성이 높아졌다. 다시 차분한 마음으로 민원인과 소통함으로써 분노는 가셔지고 여러 정황에 대한 공감대를 형성했다. 그리고 나는 평상심을 찾아 일과를 시작할 수 있었다.

오늘은 제1차 파견 온 의료진 일부는 복귀하고 남은 공보의 22

명과 제2차로 파견된 의료진 34명이 새로운 체계를 구축하여 대응이 이루어졌다. 신천지 1차 전수조사에 따른 진단검사가 막바지에 이른 만큼 순조롭게 잘 마무리될 수 있길 소망하면서 하루를 시작했다.

그런데 늦은 시간 업무를 마칠 무렵 고성을 지르는 소리가 들렸다. 어제부터 음주상태에서 찾아온 진상進上 박*식(남 49세)이었다. 여러 가지 정황이 알려지면서 그 사람의 실체를 알 수 있었다. 특별한 직업이 없고 생계비지원을 요구하면서 수시로 구청에 와서 떼쓰는 사람이라고 했다. 그저께는 본인은 격리될 이유가 없다고 했는데, 확인 결과 신천지 교육생으로 드러났다. 대구시에서 1차 문자로 격리대상임을 통지했고, 오늘은 우리 보건소에서 서면으로 격리통지서를 보냄에 따라 항의차 보건소를 방문한 것이다. 결국 112를 호출하여 귀가조치 하였다.

그리고 늦은 시간에는 홈플러스 내 확진자 발생에 따른 대응을 제대로 하지 않았다는 항의를 받기도 했다. 자칫 또 언쟁을 할 수 있었다. 경위를 파악할 필요가 있었기 때문에 일단 내일 다시 연락하기로 하고 전화를 끊었다. 확진자 발생에 따른 밀접접촉자 분류, 업소영업 제재 등에 대해서는 보다 신중하게 검토할 필요가 있다는 생각이 들었다.

오늘은 잠시 나를 성찰해 보라는 하느님의 뜻인지 아침부터 저녁까지 언성을 높이는 등 갈등이 많았던 하루였다. 어제까지 계획된 신천지신자 전수 진단검사는 극히 일부를 제외하고는 마무리가 되었다.

어제 눈을 뜰 수 없을 정도로 힘들어 보였던 이성은 전문관이 많이 회복되어 정상적으로 업무를 추진할 수 있게 됨으로써 모든 일이 순조롭게 진행되었다. 오늘로 1차 고위험군에 대한 검사가 마무리됨에 따라 새로운 체계를 구축할 필요가 있어서 실무자들의 회의를 가졌다. 구청에서 파견 온 직원들도 모두 합심함으로써 앞으로 모든 일이 성공적으로 마무리될 것이라는 확신이 들었다.

오늘은 이강문 양파대표께서 연계해 주신 가톨릭대학교 평생대학원 총동문회에서 맛있는 제육볶음 도시락을 선사해 주셔서 점심시간은 잠시나마 소풍 온 기분을 느낄 수가 있어서 심신을 추스르는 계기가 되기도 했다.

특히 파견 온 분들이 그룹을 지어서 맛있게 도시락을 먹는 모습이 너무 보기 좋았다. 이처럼 누군가의 기부와 봉사는 모두에게 기쁨을 선사해 준다. 바쁜 가운데 잠시나마 여유를 가질 수 있어 쌓인 피로도 날아가 버렸다.

오후에는 달서구 드라이브 스루 현장을 견학했다. 효율성이 있다는 생각이 들었다. 그러나 장소와 인력이 관건이었다.

오늘 신규확진자는 92명이며 지금까지 누적확진자는 1,067명이다. 이 중 입원 450명, 617명이 입원 대기 중에 있다. 검사도 중요하지만 확진자에 대한 입원이 큰 문제로 대두되고 있는 실정이다. 한편 오늘 검체는 방문 233명, 선별진료소 377명으로 총 610명이며, 지금까지 총 누적검체는 3,880건이다.

〈 2020. 3. 3.(화) 맑음 〉

하루 확진자 204명 발생

가던 길에서 하느님의 길로 돌아오고, 생각을 바꾸어 자신의 생활 방식을 버리고 하느님의 뜻에 맞게 살아가는 것이 회개다.

오늘도 코로나19 대응에 수고하는 모든 분들을 위한 격려와 성품은 끊이지 않았다. 끝까지 최선을 다할 수 있는 용기를 주시기에 이성을 잃지 않고 역할을 다하려고 노력한 하루였다. 이제 종전을 해야 할 때가 되었기 때문에 뒷마무리를 위한 준비에 주력을 했다. 특히 보상이 따르기 때문에 여러 경우를 대비하는 자료를 수집하기도 했다. 최후의 승리자가 되겠다는 마음으로 최선을 다했던 것이다.

오늘은 코로나19 상황이 어떻게 전개될까? 아침 추진상황 보고와 대응을 위한 대책회의로 하루를 시작했다. 어제까지 극히 일부를 제외하고 고위험군에 대한 진단검사는 마쳤다. 오늘부터 방문검사는 사회복지시설에 대한 단체 검체를 실시한다. 선별진료소에는 일부 하지 않은 고위험군과 접촉자에 대하여 중점 검체를 했다.

이제 의료진이 보강되고 지원인력과 장비도 충분히 갖추어졌고, 체계적인 시스템으로 진행되기 때문에 원활하게 모든 일이 진행되었다.

오늘 총 검체는 846명으로 선별진료소 149명, 사회복지시설 요양원 688명이다. 그리고 개별방문 검체가 9명이었다.

자가격리 해제 기간이 도래함에 따라 오늘도 여러 유형의 민원전화가 쇄도했다. 이러한 가운데 제7판 격리해제 관련 지침이 내려왔다.

지침 변경에 따른 혼란도 많았다. 그렇지만 성실히 의무를 다한 주민들이 피해를 받지 않아야 한다는 측면에서 운영될 수 있기를 바라면서 지침을 숙지하고 임무에 임했다.

오늘 3월 4일로 대구 첫 확진자가 발생한 이후 코로나19와 사투를 펼친 지 15일이 되었다.

코로나19 남구 상황은 오늘 하루 신규확진자 204명으로 지금까지 최고 기록이었다. 그래서 총 확진자는 1,271명으로 급격히 늘었다. 이 중 입원 544명, 입원대기 779명이다. 그리고 지금까지 검사를 마친 사람은 4,726명이고 자가격리자는 2,692명이다.

〈 2020. 3. 4.(수) 맑음 〉

M병원 집단 확진자 발생, 뜨거운 감자로 부상

'법대로' 사는 것에 만족하고 떳떳해할 것이 아니라 그 의미를 생각하고 실천해야 한다. 물리적으로 사람의 목숨을 해쳐서는 안 될뿐더러 보이지 않는 마음으로도 그렇게 하지 말아야 한다. 우리는 마음과 입으로 많은 이들을 해칠 수도 있다. 무엇인가 잘못한 것이 있다면 용서를 청하고, 손해를 입힌 것이 있다면 갚는 것이 먼저다. 모든 규정은 그 의미를 먼저 생각하고 겉으로 드러나는 것만이 아니라 내적으로도 그렇게 살려고 노력해야 한다. 그것이 진정한 의로움에 이르는 길이다.

오늘은 아침부터 자가격리와 관련하여 새로 나온 지침에 대한 토론을 하느라 부산했다. 이해할 것 같으면서도 의문이 갔기 때문에 여러 의견이 나왔다. 일단 결론은 내렸지만 완전히 풀리지는 않았다. 가정 내에서의 격리와 접촉의 범위가 명확하지 않다는 것이다. 한집에서 동거한다는 자체를 접촉이라 한다면 일반가정에서의 자가격리는 의미가 없다는 것이다. 각방을 쓰고 식사를 달리하더라도 격리가 아니라면 한 사람의 자가격리 대상자가 발생하면 격리대상자 외 가족들은 모두 집을 떠나야 한다는 논리가 되기 때문에 상당한 비용과 함께 생활에 불편을 초래할 수밖에 없을 것이다. 이처럼 지침 변경이 내려올 때마다 혼돈을 야기하고 있는 실정이다.

이러한 가운데 M병원 확진자 발생에 따른 기자들의 취재 전화가 이어졌다.

더욱 마음이 혼란스러웠다. 오후에는 M병원에서 L병원으로 전원한 환자가 확진판정을 받아 항의차 보건소를 찾아왔다. 충분히 화를 낼 수 있는 상황이었다. 보호자의 아픈 마음에 공감하고 설득해야 했다. 보호자의 요구대로 다른 병원으로 전원이 될 수 있도록 하겠다는 의지를 전하고 민원인을 설득시켰다.

얼마 후 수원에 있는 '조선대병원'으로 전원을 하게 되었다는 통보를 받게 되어 민원은 원만하게 해결되었다.

그리고 동시에 송민헌 대구지방경찰청장께서 선별진료소를 방문했다. 어떻게든 지원을 해 주기 위하여 방문해 주셨지만 몸과 마음이 바빠서 우리의 입장을 제대로 전하지도 못했다. 그리고 시에서는 이상락 민원보좌관과 자원봉사 관계자가 방문해서 지원방안에 대해서 논의를 했다. 자원봉사자를 지원해 주겠다는 것이다. 그러나 선별진료소에 필요한 인력은 의료진이기 때문에 일반 자원봉사자는 받지 않기로 했다.

이렇게 오늘도 코로나19와의 전투는 계속되었다.

오늘은 또 어떤 상황이 전개될까? 하는 의구심을 가지면서 하루를 보냈다. 최전선인 우리 보건소가 무너져서는 안 되기 때문에 먼저 보건소 청사를 비롯한 주변에 대한 전반적인 방역소독을 했다.

역시 오늘의 이슈는 자가격리 해제였다. 확진자의 접촉자와 양성판정을 받고 무증상인 사람들의 해제가 쟁점이었다.

이러한 가운데 M병원 확진자가 추가로 발생함에 따른 조치가 뜨거운 감자로 떠올랐다. 확진자가 발생한 후 바로 병원폐쇄 조치를 하지 않은 이유에 대한 취재가 쏟아졌다. 폐쇄가 능사인지 깊이 생각해 보았다. 현재 남구에만 1,300명이 넘는 확진자가 발생한 상황에서 확진자 발생시설에 대한 강경한 조치를 취한다면 그 시설에 있는 환자와 종사자들은 어디에 어떻게 격리를 해야 하는가 하는 심각한 문제가 있다. 한편 M병원은 오늘 3월 6일부터 진료를 중단하고, 확산방지를 위해 종사자를 비롯한 입원환자 전원에 대한 진단검사를 실시하기로 했다.

이러한 가운데 문성교회 박*숙(여 55세)전도사가 양성판정을 받음으로써 M병원 관련 확진자는 13명이 되었다.

또한 3월 2일 M병원에서 L병원으로 전원한 환자 이*란(여 76세)가 전원 당시에는 음성이었으나, 3월 5일 대구의료원에서 검사를 받은 결과 3월 6일 양성으로 판정되어 M병원의 부적절한 대응에 대하여 보호자가 강력한 항의를 제기하기도 했다. 양성판정을 받은 박*숙 전도사를 격리하지 않고 환자를 돌보았다는 것이다.

오늘 3월 6일 신규확진자는 24명이며 현재까지 남구 코로나19 상황은 선별진료소에서 진단검사를 받은 사람 중 확진자는 총 1,402명으로 순수 남구 주민은 1,228명이다. 767명이 입원치료를 받고 있으며, 461명이 입원대기 중이다.

진단검사는 647명이며, 그중 이동검사 379명으로 신천지신자 53명 복지시설 326명이 진단검사를 받았다. 또한 선별진료소에서 268명이 검사를 받았다.

〈 2020. 3. 6.(금) 맑음 〉

L병원, M병원 병원업무 중단

원수를 사랑하고 박해하는 자들을 위하여 기도하며 사랑하지 않는 이들도 품어야 한다.

어제는 확진자가 24명으로 많이 줄었다. 오늘은 한 명도 나오지 않는 하루가 되었으면 하는 마음으로 하루를 시작했다.

우리 보건행정과에서는 전산입력과 방역소독 중심으로 대응을 했다. 건강증진과에서는 방문검사는 하지 않고 선별진료소만 운영하기로 했다. 특히 오늘부터 장애인시설, 요양보호사, 청소년 기관 종사자 등 복지시설 종사자 878명을 대상으로 실시했다. 오늘은 248명을 목표로 시작했다.

오늘은 의미 있는 선물이 전달되었다. 꽃 화분이 위문품으로 전달된 것이다.

최근에 집단 확진자가 발생하여 뜨거운 감자로 부상한 M병원과 L병원에 대한 역학조사를 실시했다. 역학조사에는 질병관리본부, 대구시 보건건강과, 우리 남구 보건소가 함께했다.

M병원에서 L병원으로 전원한 4명 중 2명이 양성판정을 받아 1명은 중환자로 3월 6일 조선대병원으로 전원조치 하였고, 1명은 3월 6일 저녁에 무증상 양성판정을 받아 퇴원을 해서 자가격리 중에 있다. 그리고 2명은 음성으로 병원 내에서 각각 1인실에서 격리치료를 받고 있다.

역학조사 결과 병원 외래환자 입원 및 진료는 전면 중단하고 환자 면회도 일제 중단하는 것으로 했다. 입원환자는 M병원에서 전원한 환자가 입원했던 808호 병실은 환자 간 최대한 격리될 수 있도록 칸막이를 설치하도록 했다.

확진자와 밀접접촉한 간호사, 간병사와 물리치료사는 전원 체검을 하고 간병사와 물리치료사는 자가격리 조치하였다. 단 간호사는 마스크 등을 착용하고 근무를 했기 때문에 자가격리를 하지 않아도 되는 것으로 했다.

한편 질병본부 권고사항으로 확산방지를 위하여 전원은 절대 해서는 안 되며, 자택에서 생활할 수 있는 사람은 퇴원을 원하면 퇴원을 권장하는 것으로 하였다.

특히 역학조사를 실시하고 있는 가운데 M병원에서 3명의 확진자가 추가 발생하여 동산병원으로 입원조치 하였다. M병원 역시 입출입을 전면 금지하고 8, 9층은 '코호트' 격리하기로 했다.

3월 7일 오늘 코로나19 대응 상황은 274명에 대한 진단검사를 실시하였으며, 신규확진자는 9명이 증가하여 순수 남구 주민 확진자는 1,237명으로 늘어났다.

그리고 현재 449명이 입원대기 중에 있고, 마침내 확진자 8명이 완치 판정을 받아 퇴원을 하기도 했다.

오늘은 토요일이라 좀 여유가 있으려나 했는데 L병원과 M병원의 집단 확진자 발생으로 분주하게 보냈다.

〈 2020. 3. 7.(토) 맑음 〉

M병원 일시 폐쇄

흔히 하느님을 이야기할 때 가장 많이 쓰는 표현은 '정의'다. 하느님께서는 우리가 주는 것보다 더 "누르고 흔들어서 넘치도록" 우리에게 주신 이다. 우리는 이러한 하느님의 자비를 닮아 가야 한다.

계절의 봄은 왔다. 코로나19로 얼어붙은 우리 마음의 봄은 언제 오려는지?

오늘은 한 주를 시작하는 월요일이다. 아침 햇살이 너무 밝게 빛났다. 이처럼 밝은 햇살이 마음을 맑게 해 주었다. 이러한 봄 햇살처럼 코로나19로 지친 사람들의 마음도 활짝 피어났으면 하는 바람으로 하루를 시작했다. 그러한 마음으로 봄옷으로 갈아입고 집을 나섰다. 오늘이 지난 1월 19일 국내 첫 코로나19 확진자가 발생한 지 50일째가 되는 날이다. 이제 숙질 때가 되었건만 곳곳에 뇌관이 터지고 있는 형국이라 마음을 놓을 수 없다. 오후에는 봄비가 촉촉이 내려 코로나19로 지친 몸과 마음을 말끔히 씻어주었다. 오늘도 수많은 문의전화와 민원이 넘쳐났지만 헝클어진 실타래가 풀리듯 하나씩 해결이 되면서 민원인들로부터 감사의 인사도 들었다. 바쁠수록 돌아가라는 속담도 있듯이 바쁘고 혼란할수록 함께 지혜를 모으고 차분히 대응하는 여유를 가져야 할 것이다.

오늘도 곳곳에서 성품이 답지하였다. 한편으로 코로나19로 힘들어하는 사람들이 많은데 현장에 있다는 이유로 이 많은 성품이 부담스럽기도 했다.

도시락, 김밥, 빵 등 먹거리가 올 때는 굶주리는 북한동포와 난민들, 주변의 어려운 이웃들이 생각나 미안한 마음이 들기도 했다. 특히 우리 보건소가 위치한 관할 구역인 대명2동 이성원 동장이 맛있는 오찬을 마련해 줌으로써 축 처진 어깨를 활짝 펴게 해주었다. 이처럼 코로나19와 치열한 전투 속에서도 보람을 느끼고 있다.

숨 고르기를 하고 있는 가운데 또 다른 변수가 생겼다. 미군 부대 공사를 하고 있는 ㈜대보건설 박*성(남 51세) 근로자가 영대병원에서 검사를 받았는데 확진판정을 받았다는 소식이 전해졌다. 집단감염으로 이어지지 않을까 마음을 졸였다.

현장에 대한 역학조사를 실시하고 접촉자 진단검사와 함께 밀접접촉자 3명을 자가격리토록 하고 현장에서 함께 일한 다른 근로자 30명은 자가격리 권고 조치하였다.

또한 L병원에 대해서는 확진자 밀접접촉자를 비롯한 입원환자와 종사자 150명에 대한 전수 진단검사를 실시하였다.

그리고 M병원은 계속 확진자가 발생함에 따라 오후 5시에 서기란 원장, 그리고 시청 관계자 3명, 남구 3명의 직원이 참석한 가운데 심층 역학조사를 실시하였다. 역학조사에서는 병원폐쇄, 직원들 출퇴근 문제, 입원환자 관리에 따른 인력 등 지원 문제 등 폭넓은 논의와 조사가 이루어졌다. 한편 이날 발생한 확진자 2명은 동산병원으로 전원되었다. 일단 M병원은 일시 폐쇄하기로 했다.

오늘 코로나19 상황은 진단검사는 261명을 실시하였다. 신규확진자는 16명이 발생하여 누계확진자는 1,282명으로 늘어났다. 신규확진자는 늘어나고 있지만 그 수가 줄어들고 있어 끝이 보이구나 하는 생각이 들기도 했다. 확진자 중 입원대기는 322명으로 줄어들어 입원치료도 순조롭게 진행되고 있다.

확진자 접촉 등으로 인한 자가격리는 2,020명이다.

〈 2020. 3. 9.(월) 맑음 〉

지뢰밭이 된 M병원, 추가확진자 2명 발생

알고 있는 것과 말하는 것을 모두 실천하기는 쉽지 않지만, 적어도 그러한 노력조차 하지 않는다면 비판을 피하기 어려울 것이다. 많이 알고, 잘 알고 있는 사람은 그만큼 더 큰 책임을 져야 한다.

가르치는 사람은 말만이 아니라 실천을 통해서도 가르쳐야 한다. 이것은 좋든지 싫든지, 지도자들과 길을 제시하는 이들에게 맡겨진 책무다. 너무 당연한 것이지만 현실에서는 여전히 멀게만 느껴진다.

오늘도 숨어 있는 지뢰가 터졌다. M병원에 두 명의 확진자가 발생한 것이다.

이로써 현재까지 M병원 관련 확진자는 26명으로 늘어났다. 신천지와는 비교가 되지 않지만 남구에서 또 다른 뇌관으로 부상하게 되었다. 이에 따른 질병관리본부, 대구시, 남구 보건소가 합동 역학조사를 실시하고 대책을 강구하였다.

3월 8일 '코호트 격리' 조치가 이루어질 당시 M병원 가용인력은 간호사 7명, 조무사 2명, 총무 1명 등 10명밖에 되지 않은 것으로 전해졌다.

이에 따른 요청인력은 의료인 41명(의사 2, 간호사 24, 조무사 11, 중앙공급실 1, 방사선사 1, 임상병리사 1, 약사 1), 비의료인 27명(원무 심사 3, 총무 2, 영양사 1, 조리사 1, 배식반 1, 미화원 2, 시설관리 2, 안전요원 4, 간병사 8) 등 총 68명을 요청해 왔다. 그리고 원내 근무인력에 대한 생활공간 확충을 요구했다.

또한 물품으로는 침구 78명분(매트리스, 베개, 이불 등), 식자재 138명분(1일 3식)/ 2주간, 식수 128인/ 2주간 제공, 세면도구 128인/ 2주간 사용, 방호복, 일회용 가운, N95 마스크, 장갑 78명/ 2주간, 환자용 의료소모품 58명/ 2주간, 중앙공급실 소모품/ 2주간, 시설 방역용품/ 2주간, 의료 폐기물 박스 및 비닐/ 2주간 등 엄청난 인력과 물자를 지원요청 해 왔다. 이는 결국 병원운영 일체를 방역당국에서 책임을 지라는 것이었다. 병원 측의 심정은 충분히 이해를 할 수 있다.

이러한 가운데 대구시 및 남구 보건소, 방역지원단 등과 지속적인 소통과 협력을 통해 적절한 인력과 물자에 대한 지원으로 방역대책이 원활하게 이루어졌다.

이처럼 막대한 인적, 물적 피해가 발생하게 된 데는 초기 대응에 문제가 있지 않았나 하는 생각이 들었다. M병원 내 첫 확진자가 발생했을 때 감염경로를 철저히 밝히고 대처를 했더라면 피해를 최소화 할 수 있었다는 것이다.

어제 오후에는 촉촉한 봄비가 내려 메마른 대지에 생기를 불어넣어 주듯이 내 마음에도 새로운 희망의 샘이 솟는 것처럼 느껴졌다. 이 희망이 모두에게 웃음을 선사하는 하루가 되었으면 하는 바람으로 오늘도 코로나19와의 전투를 펼쳤다.

남구 코로나19 상황은 3월 10일 신규확진자 25명이 발생하여 누계 1,307명으로 늘어났다. 이 중 생활치료센터 및 병원 격리치료가 1,022명, 입원 대기 292명, 퇴원 10명, 사망 4명이다. 한편 확진자 접촉 등으로 인한 자가격리 2,005명이다.

오늘 검체는 L병원 102명을 비롯해서 선별진료소를 통한 검사 등 총 229명을 실시하였다.

〈 2020. 3. 10.(화) 맑음 〉

숨겨진 지뢰를 찾는 심정으로

우리는 일상에서 바쁜 가운데서도 늘 성찰의 삶을 살아야 한다. 내가 지금 무엇을 바라면서 이 자리에 있는지? 내가 누구를 위하여 일하고 있는지? 그 누군가를 위하여 올바른 길을 가고 있는지? 내 생각을 다른 사람 생각으로 착각하고 행동하고 있지는 않은지? 등 늘 자신을 되돌아볼 필요가 있다는 것이다. 바로 섬김의 마음으로 살아가는 것이 아닌가 생각한다.

오늘은 코로나19와 평화협정을 하는 마음으로 전투를 준비했다. 평화를 위해서는 혼자가 아니라 함께해야 한다. 곳곳에 숨어 있거나 숨겨 놓은 지뢰들을 다 찾아나서는 마음으로 전투에 임해야 한다. 또 코로나19가 스스로 백기를 들고 투항하도록 대비해야 한다. 우리 우군은 모든 것을 내어 놓았다. 그 어떤 것도 두려울 것이 없다. 잃어버린 평화와 기쁨의 삶의 터전을 찾는 데 함께 지혜를 모아야 할 것이다. 아침 대응 전략회의를 통하여 전투태세를 정비하고 전장으로 나갔다.

더 이상 사회적 감염확산이 되지 않도록 하고자 전국에서 지원나온 소방관들이 합동으로 신천지신자들이 밀집한 지역에 대한 방역소독을 대대적으로 펼쳤다.

오늘은 몸이 마음처럼 따라 주지 않았다. 하루 종일 컨디션이 좋지 않았다.

평소에도 가끔 나타나는 증상이다. 지금은 코로나19 사태로 긴장감이 돌고 있기 때문에 밖으로 표현할 수 없다. 특히 우리 보건소는 감염위험 노출이 많은 곳이라 조금만 이상 징후를 보여도 오해를 받을 수 있기 때문이다. 가끔 퇴근할 무렵 머리 뒤가 많이 지긋한 느낌이 들 때가 있었다. 혈압을 측정했는데 평소보다 많이 높았다. 이러한 증상을 보고 김외숙 감염예방팀장이 손가락에 수지침을 놓아 피를 빼 주었다. 얼마 지나자 머리가 차츰 맑아졌다. 그래서 코로나19는 아니구나 하는 생각이 들어 마음이 놓였다. 이렇게 오늘은 마치 코로나19에 한 방 맞은 기분으로 하루를 보냈다. 오늘 저녁은 도시락을 먹었다. 이날 도시락은 예수성심시녀회 수녀님들께서 직접 장만한 것으로 진수성찬이었다.

3월 11일 현재까지 코로나19 상황은 남구 신천지신도에 대한 전수 진단검사 결과로 통보받은 인원은 2,664명이다. 이 중 확진자는 1,153명(43.3%)으로 남구 확진자의 88%를 차지하고 있는 것으로 나타났다. 음성판정 1,248명(46.8%), 타구 전출 등 224명(8.4%) 전화불통 등으로 소재 확인요청 39명(1.5%)으로 집계가 되었다.

그리고 신규확진자 2명이 발생하여 누계확진자는 1,309명이다. 이 중 입원 격리치료 중에 있는 사람이 986명이고 입원대기 263명, 퇴원 54명, 사망 6명이다.

　　오늘 검체는 총 597명으로 선별진료소 124명, 요양병원 방문검사 428명, 병원자체검사45명, 지금까지 총 검체는 7,983명이다. 자가격리는 2,005명이다.

〈 2020. 3. 11.(수) 맑음 〉

전 주민 대상 유증상 진단검사 실시

우리에게 주어진 재능과 재화는 공동체와 공동선을 위한 것이다.

어제 고통스러웠던 몸이 오늘은 많이 회복되었다. 혹시 격리생활을 하지는 않을까 걱정이 되었는데 다행이다. 오늘은 내 몸이 자연스럽게 치유되듯이 더 이상 숨겨있는 지뢰가 터지지 않고 그 속에서 사라질 수 있기를 바라는 마음으로 하루를 시작했다.

오늘은 코로나19의 새로운 역사가 쓰이는 날이다. 신천지교인들이 전체 자가격리 대상으로 통지되어 무증상으로 음성을 판정받은 사람들의 격리가 해제되는 날이기 때문이다. 이번 코로나19 사태를 계기로 모든 종교가 그 본연의 사명을 다할 수 있는 신앙 공동체로 새롭게 태어났으면 하는 바람을 가져본다. 이제 누구든지 더 이상 종교의 본질을 왜곡하는 곳에 현혹되는 나약한 존재가 되지 않았으면 좋겠다. 특히 격리에서 자유로운 몸으로 돌아가는 신천지신도는 물론 다른 종교를 믿고 있는 사람들도 종교가 추구하는 목적대로 신앙생활을 하고 있는지 올바른 인생철학을 정립해 보는 계기가 될 수 있기를 소망해 본다. 적어도 종교생활로 인하여 다른 사람들에게 고통을 주어서는 안 될 것이다.

오늘도 더 이상 사회적 감염확산이 없기를 바라는 마음으로 코로나19와의 전투에 임했다. 아침에는 다소 당혹스러운 일이 있었다. 코로나19 대응의 최전선에서 모르고 있는 일이 진행되었기 때문이다. 모든 주민을 대상으로 코로나19 의심환자에 대한 진단검사를 실시한다는 보도와 전단지가 동행정복지센터에서 뿌려지고 있었던 것이다.

남구를 코로나19 특별지구로 보고 모든 주민을 대상으로 3월 17일까지 무료검사를 실시한다는 것이다. 전단지 8만 부를 뿌리고 대명10동과 6동은 가두방송을 통해 홍보를 펼치기도 했다. 많은 사람이 몰려올 것으로 예상했지만 찾아오는 사람은 그렇게 많지 않았다. 참으로 다행이었다.

아침부터 당황스럽기는 했지만 모든 것이 순조롭게 진행됨으로써 평상심으로 돌아갔다. 이는 코로나19 대응에 전 직원이 합심하여 체계적으로 잘 이루어 오는 과정에서 일어난 옥에 티라고 할 수 있다. 앞으로는 작은 일이지만 관계부서와 소통을 통해서 추진한다면 더 알차게 이루어질 수 있지 않을까 생각한다.

한편 보건소 선별진료소에 특별한 선물이 전해졌다. 재난안전대책본부장이신 조재구 구청장님께서 함안 군수를 통하여 특별히 제작한 발열의자 8개를 선사해 주신 것이다. 황망한 선별진료소 의료진들을 비롯한 직원들의 마음에 따뜻한 온기를 불려 일으켰다.

3월 12일 오늘 코로나19 상황은 신규확진자 5명이 늘어 1,314명으로 늘어났다. 이 중 병원입원 및 생활치료센터 입소가 1,091명이고 자가격리 163명, 완치가 54명, 사망이 5명이다. 그리고 오늘 검체는 1,019명으로 하루 최고를 기록했다.

한편 오늘 신규확진자 유형은 가족 접촉이 3명, 보험설계사, 슈퍼운영 등 감염경로 불명확한 사람이 2명이다.

〈 2020. 3. 12.(목) 맑음 〉

요양병원 확진자 발생

사랑과 자비를 실천하여라!

오늘은 어제부터 전 주민을 대상으로 코로나19 의심환자에 대한 전수 진단검사실시 이틀째 되는 날이다. 어제는 홍보 중이라 찾아오는 사람들은 드물었다. 한꺼번에 몰려오지 않았으면 하는 바람으로 하루를 시작했다.

오늘도 생각보다 선별진료소를 찾는 사람은 많지 않았다. 오늘 선별진료소를 찾은 주민은 157명으로 신천지신자에 대한 전수조사 기간의 절반 수준도 되지 않았다. 반면 검사 결과에 대한 자료 정리 팀은 쉴 틈 없이 바빴다.

오늘도 황당한 일이 있었다. 코로나19에 따른 반려동물 처리 안내 공문이 접수된 것이다. 반려동물을 '감염병 예방 및 관리에 관한 법률 제47조 4호' 에 따라 오염물건의 사용 접수 이동 등의 폐기 규정을 적용하여 공문이 내려온 것이다. 참으로 황당했다. 공문을 보낸 대구시 농산물유통과에 어떻게 이런 공문을 보냈느냐고 항의를 했다. 들려온 답은 시장님 지시라고 했다. 김영기 부구청장께서 관련 부서와 국장을 통해 의견을 물었는데 내용을 모르고 있는 것으로 나타났다. 과장 전결로 공문이 생산되었기 때문에 모를 수 있다. 결국 반려동물에 대한 사항은 원점으로 돌아갔다.

오늘은 오후 6시부터 보건소와 구청 청사 전반에 대한 방역소독을 하였다.

방역으로 잠시 사무실을 비워야 했다. 잠시의 시간도 아까워 이틈을 이용해서 대응에 참여하는 직원들은 공원에서 삼삼오오 짝을 지어 도시락으로 저녁을 먹었다. 밝고 웃음이 넘치는 가운데 도시락을 맛있게 먹는 모습이 마치 소풍 온 것처럼 정겹게 느껴졌다. 이날 도시락은 예수성심시녀회에서 맛난 비빔밥을 제공해 주셨다. 이처럼 치열한 전쟁터에서도 그 누군가의 봉사는 새로운 활력을 불러일으키는 청량제가 되고 있다. 이렇게 평화로운 마음은 잠시, 다시 긴박한 상황이 발생했다.

밤 10시경에 요양병원 전수 진단검사에서 폭탄이 하나 발견된 것이다.

한 요양병원에서 확진자가 발생했다는 소식이 전해졌다. 순간 한 방 얻어맞은 기분이었다. 어떻게 대처해야 할지 머리가 복잡해지기 시작했다.

현장 상황은 어떤지? 환자를 격리할 여건은 되는지? 환자상태는 어떤지?

병원 관계자 대응 방침은 어떻게 정했는지?

환자의 확진경로는 어떻게 되는지 챙겨봐야 하는 등 할 일이 너무 많다.

서둘지 말고 차분히 함께 풀어나가면 모든 일이 순조롭게 마무리될 것이라는 믿음을 가지면서 마음을 정리했다.

김외숙 팀장과 이성은 전문관은 곧바로 전투태세를 갖추고 현장에 출동했다.

이 병원은 이정학 대명11동 주민자치위원장이 장례식장을 운영하고 있는 병원이다. 며칠 전에 증상이 있어 선별진료소를 방문한 적이 있었기 때문에 순간 간담이 서늘한 느낌이 들었다. 이와 연관이 없기를 바라면서 역학조사를 지켜보고 판단을 해야 했다.

오늘은 비교적 여유로웠지만 여러 가지 많은 생각을 해야 했던 하루였다.

오늘 코로나19 상황은 신규확진자 1명이 발생하여 총 1,316명이 되었다. 신규확진자는 접촉자를 알 수 없고 감염경로가 명확하지 않기 때문에 사회적 감염으로 추정되었다.

입원대기는 108명, 퇴원은 101명, 사망 6명, 자가격리는 933명이다.

오늘 검사는 요양병원에 대한 전수 진단검사를 실시함에 따라 총 검체 인원은 961명으로 선별진료소 163명, 요양병원 방문 798명이다.

〈 2020. 3. 13.(금) 맑음 〉

반려동물 처리문제 본격 대두

  우리는 늘 양면성을 지니고 살아간다. 자신에게 유리하면 받아들이고, 불리하면 배척을 하는 경향이 있다는 것이다. 그러나 부모의 마음은 그렇지 않다. 착한 자식이나 천덕꾸러기 자식도 다 사랑으로 감싸준다. 우리는 누구나 나름대로의 사연을 안고 살아가고 있다. 그러기에 늘 역지사지의 마음이 필요하다. 그렇게 함으로써 잃었던 웃음을 되찾을 수 있을 것이다.

  오늘은 맑고 쾌청한 봄이지만 코로나19와의 전쟁은 더욱 치열할 것으로 예상된다. 어제 늦은 시간에 발견된 포탄의 뇌관을 제거하는 작업을 해야 하기 때문이다. 어제는 전국적으로 확진자가 완치 수보다 줄어든 첫날이었다. 우리 남구는 어제 낮까지만 해도 신규확진자는 한 명밖에 없었다. 그런데 밤늦은 시간에 숨어 있던 포탄이 하나 발견됐다. 오늘은 그 포탄 뇌관을 제거하는 일부터 시작해서 코로나19와의 전투를 펼쳤다.

바로 S요양병원에서 발생한 확진자 1명에 대한 처리였다. 그런데 생각보다 조용히 처리되었다. 환자는 이 병원에 5년 반 이상 와상상태에서 입원해 있는 최*선(91세) 할머로 거동을 전혀 하지 못하시는 분이었다. 감염원이 불확실하고 고령이고 중증환자라서 전원이 불가하여 최대한 병원 내에서 격리하기로 했다.

그리고 코로나19와 관련한 반려동물 처리가 어제부터 논란이 되었다. 어제는 공문서에 대한 내부적인 이해관계로 빚어졌지만 오늘은 현실로 드러났기 때문에 원점에서 다시 논란거리로 부상하게 되었다. 우리 보건소 입장은 살아있는 반려동물을 물건으로 취급하는 것은 부적절하다는 데 의견이 모아졌고 다시 원점에서 대구시 차원의 재검토하는 것으로 정리가 되었다.

또한 L병원에서 또 한 명의 확진자가 발생했다. 간병사 1명이 확진판정을 받은 것이다. 우려했던 뇌관이 또 터진 것이다. 앞으로 더 이상 나오지 않았으면 하는 바람을 가질 뿐이다.

3월 14일 신규확진자 3명이 발생하였다. 신규확진자는 신천지교인 1명이고, 1명은 2월 29일 검사결과 미결정으로 나와 3월 12일 재검을 통해 양성 판정을 받은 사람이다. 그리고 신천지신도 밀집지역 인근 주민으로 3월 10일까지 S병원 간호사로 근무하다가 퇴사한 후 3월 12일 이후 접촉자 없는 가운데 3월 14일 확진을 받게 되었다. 1명은 어제 밤늦게 발생한 최*선(91세) 할머다.

〈 2020. 3. 14.(토) 맑음 〉

대구, 청도, 봉화 특별재난 지역으로 선포

믿음은 개인적인 차원에 머무르지 않고 다른 이들을 이끄는 역할을 한다.

오전에는 봄 햇살이 빛났다. 예보에 한때 소나기가 내린다고 했다. 설마 했는데 오후부터 날씨가 흐리고 약간의 비가 내렸다. 아주 잠시라 나는 보지 못했다.

오늘은 코로나19 확산이 완전히 멈출 것이라는 기대를 가지고 집을 나섰다. 오전에는 정말 확진자가 없었다. 오히려 1명이 다른 구로 이관이 되어서 1명이 줄었다. 그런데 오후 늦게 7명의 신규 환자가 발생했다. 1명은 신천지신도로 재검사에서 확진이 나왔고, 4명은 확진자 가족접촉으로 확진이 되었다. 또 한 명은 확진자가 발생한 병원에서 일하는 간병인이었다. 더 이상의 확진자가 발생하지 않게 하려면 무엇보다 가족 간은 물론 사회적으로 수칙을 잘 지켜야 한다는 것을 일깨워 주었다.

또한 오늘은 입원한 확진자 심부름을 통하여 여러 가지를 느끼고 깨달았다.

입원한 환자가 콜센터로 평소 복용하던 약을 가져다 달라는 민원이 접수되었다.

평소 가톨릭신자로서 늘 봉사와 희생을 실천하는 김외숙 감염예방팀장이 민원 해결을 위하여 함께 갈 수 있는지 물었다. 흔쾌히 동의를 했다. 나는 현장을 직접 확인하고 민원을 처리하는 것을 행정철학으로 실천하고 있다. 집을 방문해서 약을 챙기고 병원 전달에 이르기까지 함께했다. 환자는 신천지신도였고 나이는 40대 후반 여성이었다. 팀장이 전화를 통하여 약을 챙기고 요청한 커피도 챙겼다. 이러한 가운데 만약을 대비해서 집안 분위기를 살폈다. 집안 벽에 있는 사진을 보았는데 자녀도 있고 다른 가족도 있는 것 같았다. 사진은 단란하게 보였지만 집안은 전혀 정리가 되어있지 않았다. 그 자체만 봐도 병이 생길 것만 같았다.

약과 커피를 챙겨 환자가 입원해 있는 대구 동산병원에 도착했다. 평소 같으면 사람들과 차량으로 북적였겠지만 병원주차장은 텅 비다시피 했고, 사람의 발길도 드물었다. 분위기는 삭막했고 긴장감이 감돌았다. 창살 없는 감옥 같은 느낌이었다. 이러한 분위기 속에 약을 전달하기 위해 코로나19 대책본부 상황실에 도착했다. 검역관이 방문사유를 물었다. 환자에게 평소 먹는 약과 부탁한 커피를 전해 주러 왔다고 했더니 물건을 확인했다. 커피는 반입 금지된 물품으로 처리하고, 약은 재확인을 거쳐 반입이 허

용되었다. 그 약은 신경안정제였다. 평소에 마시던 커피를 마시게 될 것이라는 환자의 기대는 수포로 돌아가고 말았다. 전화로 들려온 환자의 목소리에는 서러움의 눈물이 스며있었다. 순간 자유롭게 생활할 수 있는 것이 얼마나 소중한가를 실감했다.

그리고 잘못된 믿음은 참된 행복을 잊고 살아갈 수 있다는 것을 깨달았다.

믿음은 하루아침에 이루어지는 것이 아니다. 믿음은 개인적인 안녕뿐만 아니라 다른 사람에게도 희망을 줄 수 있어야 한다.

확진자 집을 방문하는 길에 확진자가 발생한 건물에 대한 방역소독에 따른 민원이 있어서 살균소독제와 손세정제를 가져다주었다. 감염병 예방에 관심이 많고 건물 내 확진자가 발생함에 따라 방역소독에 동참해 주길 바라는 차원에서 전해 주었다.

오늘은 전반적으로 확산세가 수그러드는 분위기로 접어들었다. 그리고 의미가 있는 날이었다. 코로나19 사태로 대구와 경북의 청도, 봉화가 특별재난지역으로 선포되었기 때문이다.

3월 15일 18시 현재 남구 코로나19 현황은 신규확진자 7명이 발행하여 전체확진자는 1,325명이 되었다. 그리고 병원과 치료센터에서 격리치료를 받고 있는 사람은 1,082명이다. 입원 및 입소 대기는 69명, 퇴원 및 퇴소는 167명이다. 그리고 사망이 7명이다.

오늘 검체는 103명으로 선별진료소 82명, 방문검체 8명, 병원 자체 3명이다. 지금까지 총 검사인원은 10,168명이다. 자가격리는 600명이다.

오늘은 한 달여 만에 성당교우를 만나 잠시 만남의 시간을 가졌다. 평화의 모후 김 요한보스코와 정 즈가리아와 동네식당에서 만나 그동안의 생활담을 나누는 시간을 가진 것이다.

코로나19와의 전투가 오늘을 정점으로 끝이 났으면 하는 바람을 가지면서 하루를 마무리했다. 우리 남구는 고위험군인 신천지 신자를 비롯해서 상대적 취약계층인 사회복지시설, 요양병원에 대한 전수 조사를 마쳤다. 이러한 가운데 더 확대를 해서 전 주민을 대상으로 지난 3월 12일부터 의심증상이 있을 경우 전수 진단 검사를 실시하고 있지만 검사를 받는 사람은 그렇게 많지 않기 때문에 더 이상 확산이 되지 않을 것이라는 희망을 가져 볼 수 있었다. 화창한 봄 햇살이 문틈으로 비치는 것처럼 새로운 희망의 꽃이 활짝 피었으면 좋겠다.

〈 2020. 3. 15.(일) 〉

총성 없는 전쟁 속 어느 여인의 절규

우리가 누군가의 죄를 용서한다는 것은 내가 용서받은 것을 다른 사람에게 그대로 실천하는 것이다. 용서하기 전에 이미 용서받았다는 것을 먼저 기억하라는 것이다. 그리고 그 실천에는 한계가 없다.

어제도 확진자 제로는 이루어지지 않았다. 살얼음판을 걷는 것처럼 숨어있는 환자들이 곳곳에 나왔기 때문이다. 그래도 집단 확진자가 발생하지 않아서 다행이었다. 오늘도 화창한 봄날처럼 새로운 희망을 기대하며 코로나19와 치열한 싸움이 펼쳐지는 전쟁터로 뛰어든다.

오늘부터 새로운 지침으로 동거가족에 대한 격리 해제가 진행된다. 무증상일 경우 검사를 하지 않아도 14일이 지나면 자동 격리해제에서 13일째 검사를 받고 음성판정을 받아야 해제가 되는 것으로 변경이 되었다.

오늘도 서상기 구민상수상자협의회 회장으로부터 응원의 메시지가 전해졌다.

'火曜日 健福康寧하고 悠悠樂樂 目票達成 日就月將 忠孝之曠'

이렇게 늘 희망과 응원의 메시지가 전해지기에 코로나19와의 전투에서 사기가 충천될 수밖에 없다.

오늘도 총성 없는 전투 속에서 안타까운 목소리가 들렸다. 확진자로 병원에 입원해 있다가 특별한 증상이 없어 생활치료센터에 전원된 23세 K양의 하소연을 들었다. 창살 없는 감옥監獄 같은 격리 시설에서의 생활이 너무나 힘이 든다는 것이다. 특히 아무런 증상도 없는데 치료를 받는다는 명분으로 갇혀 있는 자체가 심적인 고통이고 없던 병을 만들고 있다고 제발 이곳에서 벗어나게 해 달라는 절규의 눈물로 호소를 했다. 뭐라고 말을 해야 할지 막막했다. 나도 모르게 울먹여지는 목소리로 위로의 말을 전했다. 잠시 혼자만의 시간을 가지면서 가족의 소중함, 친구의 소중함을 느껴보고 자신을 되돌아보는 시간을 가져 보라는 위로의 말을 전했다. 딸처럼 생각하면서 나름대로 위로가 되는 말을 했다. 그리고 이 순간 내가 해 줄 수 있는 말은 힘을 내서 아픔을 극복하고 마음을 추스를 수 있도록 간절한 기도밖에 없었다. 이 젊은이가 빨리 코로나19의 고통에서 벗어나 자유와 평화를 누리고 마음껏 꿈을 펼치게 해 달라고 간절히 기도드린다.

L병원 8층 코호트 병실 환자 중 사정으로 시 역학조사반의 자문을 받아 자택에서 자가격리 조건으로 퇴원을 허락했다. 그리고

자택을 방문하여 자가격리할 주택을 확인하고 감염병예방팀장과 함께 보호자에 대한 방역수칙교육을 철저히 실시하였다. 자가격리할 집은 24평 아파트로 간병할 보호자 1명을 제외하고 다른 가족들은 다른 집에서 생활하도록 했다. 앞으로 코호트 격리에 따른 자가격리로 보상문제에 대한 검토가 되어야 할 것이다.

3월 17일 21시 현재 남구 코로나19 상황은 신규확진자 1명이 발생하여 누계 1,333명이 되었다. 이 중 병원입원 561명, 시설입소 536명, 입원입소 대기 36명, 퇴원, 퇴소 193명, 사망 7명이다.

오늘 신규확진자 1명은 대덕실버타운 입소자 검사에서 발생하였다.

오늘 체검은 324명으로 선별진료소 194명, 방문검체 16명, 병원자체 1명, 남구 자활센터 113명이다. 지금까지 검사는 총 10,646명이다.

〈 2020. 3. 17.(화) 맑음 〉

M병원 추가확진자 발생

"너희가 눈먼 사람이었으면 오히려 죄가 없었을 것이다. 그러나 지금 너희가 '우리는 잘 본다.' 하고 있으니, 너희 죄는 그대로 남아있다."(요한9, 41)

오늘도 나들이하기 좋은 아름다운 봄날이다. 코로나19와의 전투는 계속된다. 중앙재난안전대책본부에서 오늘부터 4월 5일까지 모임, 행사, 여행, 외출 등을 자제해 달라는 문자가 왔다. 이제 봄날의 향유는 잃어버렸다. 오로지 코로나19가 종식되길 바랄 뿐이다.

이번 코로나19를 계기로 시민의식이 많이 바뀌었다는 것을 느낄 수 있었다. 불만을 표출하는 시민들도 현실에 대한 충분한 설명을 하면 공감을 하고 따르는 등 인내심을 가지고 기다리고 있다는 것을 체감할 수 있었다. 코로나19와의 전쟁을 계기로 시민의식이 한 단계 높아지는 기폭제가 되었으면 하는 바람을 가지면서 오늘도 전쟁터로 나섰다.

오늘은 잠시 여유를 가질 수 있을 것이라 생각했다. 그리고 확진자 제로가 될 것이라 기대했지만 곳곳에서 지뢰가 터지고 말았다. 코호트 격리된 M병원에서 확진자가 발생했다. 그래서 M병원 관련 확진자는 37명으로 늘었다. 그리고 동거가족에서 또 격리해제를 위한 검사에서 확진자가 발생하는 등 숨은 지뢰가 끊임없이 터져 나와 신규확진자 4명이 발생한 것이다. 오늘도 코로나19와의 전쟁은 계속 이어졌다. 이제 더욱 복잡하고 다원화되고 있다. 지금까지는 그 진원지를 찾아서 섬멸하고 더 이상 확산을 방지하는 데 중점을 두었다.

이제는 승기를 잡았기 때문에 자체병력으로 전쟁을 마무리할 때가 되었다. 그래서 새로운 전열을 가다듬는 마음으로 하루를 보냈다. 지원인력 복귀를 대비 보건소 자체 인력을 중심으로 마무리를 위한 대책을 강구했다.

오늘은 일요일이지만 다른 직원들은 늦은 시간까지 일을 했지만 나는 아들 생일날이라 일찍 집으로 왔다. 가정을 핑계로 먼저 집에서 편히 쉬게 되어 미안할 뿐이다. 아무튼 328운동이 더 미루어지지 않고 꼭 실현되었으면 하는 바람뿐이다.

3월 22일 현재 남구 코로나19 상황은 신규확진자 4명이 발생하여 누계확진자는 1,346명으로 늘었다. 병원입원 366명, 시설입소 360명, 입원입소 대기 17명, 완치 594명, 사망 9명이다. 오늘 신규확진자는 신천지신도 중 완치 직후 유증상으로 검사결과 재확진

1명, M병원 입원환자 1명, 확진자 동거가족 2명, 접촉자 불명 1명 등 5명이다. 그리고 검체는 111명으로 지금까지 누계는 11,399명 이다.

〈 2020. 3. 22.(일) 맑음 〉

절박한 가운데
새로운 희망이 있다

3부

전남 진도군 싱싱 전복으로 깜짝 이벤트

절박한 가운데 새로운 희망이 있다.

어둠 속에 비치는 불빛이 더욱 빛나듯이 코로나19로 암울한 우리 사회 현실에 누군가는 희망의 등불이 될 수 있다. 그 주인공은 각자의 위치에서 최선을 다하는 우리 자신이다.

오늘도 주인공이 된 기분으로 하루를 시작했다.

퇴근 무렵 특별한 위문품이 전해졌다. 진도군 전복협회에서 살아있는 전복이 위문품으로 전해진 것이다. 우리 보건소로 배당된 수량은 30상자였다. 한 상자에 20여 마리가 들어있었고 꿈틀꿈틀하는 생물이었다. 어떻게 나눌까 고민이 되었다. 진공팩에 포장되어 있어서 나누기가 난감했다. 직원들 간에 경매를 부쳤으면 좋겠다는 의견이 나와서 그렇게 하기로 했다. 전복 1박스당 시가가 4~5만 원 정도로 평가를 했다. 건강증진과 12박스를 전달하고 남은 18박스를 가지고 1박스당 2만 원에 경매를 부쳤다. 수산시장 경매를 방불케 했다. 한바탕 난장亂場이 펼쳐진 것이다. 금방 주인이 나타났고, 잠시나마 서로에게 웃음을 선사하는 시간이 되었다.

경매 금액은 배당을 받지 못한 직원들에게 돌아갔다. 또 포장된 양이 생각보다 많았기 때문에 경매를 받은 직원들은 받지 못한 직원들과 나누기도 했다. 이러한 이벤트를 통하여 한바탕 웃을 수 있는 뜻깊은 시간이 되었다. 한편으로 공평하게 나눈다는 취지로 했는데 자칫 장사하는 것처럼 비칠까 걱정이 되기도 했지만 갹출한 돈은 현물을 가져가지 못한 직원들의 몫이므로 형평성에는 문제가 없을 것이다. 이 또한 코로나19의 아름다운 추억으로 남을 수 있었으면 좋겠다.

어제에 이어서 오늘도 신규확진자는 제로였다. 그 기쁨을 싱싱한 전복요리와 함께하며 가족과 사랑을 실천하는 시간을 가졌다. 이렇게 오늘은 암흑 속에서 환한 빛을 즐기는 하루를 보냈다.

서상기 회장님께서 오늘도 힘이 되는 메시지를 전해 주셨다.

매 순간 자신에게 물어봐라~^^

큰 발을 뛰기 위하여 나는 지금 작은 걸음을 준비하고 있는가~^^

문밖에서 죽음의 손길이 자신을 인도할 때도 작은 일을 찾았다면

아마, 불안한 마음이 절반은 줄어들었을 것이다~^^^

요즘 코로나19 때문에 너 나 할 것 없이 아우성이다
~^^^

이렇게 복잡한 상황에도 각자의 작은 일을 찾는다면 기다리는 동안 지루함이 덜할 것이다.

혹시, 이 순간에도 주변에 손길이 필요하다면 작은 걸음을

같이 걸어보자~^^^

오늘도 누군가에게 행복한 웃음을 미소 짓게 만들어 주는 하루가 되고 싶다~^^^

3월 24일 현재 남구 코로나19 상황은 어제에 이어서 오늘도 신규확진자가 없어 누계확진자 1,346명을 유지하고 있다. 병원입원 385명, 시설입소 338명, 입원입소 대기 11명, 완치 603명, 사망 9명이다. 그리고 확진자 접촉 등 자가격리가 273명이다.

그리고 검체는 74명으로 선별진료소 72명, M병원 자체 2명이다.

〈 2020. 3. 24.(화) 맑음 〉

콜센터 전화민원 등 갈등의 하루

　오늘도 화창한 봄날이다. 무엇인가 좋은 일이 있을 것 같다. 지금 가장 바라는 희망은 코로나19 종식이다. 이틀째 우리 남구는 확진자 제로를 기록하고 있다.

　앞으로 확진자 제로, 완치 쑥쑥 이어지길 바란다.

　'긴병에 효자 없다' 라는 속담이 있듯이 코로나19 사태가 장기화되면서 여러 가지 갈등이 곳곳에서 일어나고 있다. 모두의 신경도 예민하다. 나는 아니다 하지만 나 역시 마음이 편치 않은 것이 사실이다. 일을 마무리하기 위하여 팀을 재편성하는데 서로 간에 갈등이 있다. 일상으로 돌아가기 위해서는 모든 것을 제자리로 돌려놓아야 한다. 누구나 공감하고 있다. 이러한 가운데 신규확진자 네 명이 발생했다. 이들에 대한 역학조사 결과 역시 신천지가 있었다. 신천지 친구에게서 세 명이 감염되었으며 그중한 명의 아버지가 감염되었다.

그리고 콜센터 직원과 민원인 간의 갈등이 빚어졌다. 확진자가 치료센터에서 완치판정을 받았는데 퇴소 후 재발 우려가 있어 2주간 자가격리 권고를 의무 자가격리로 이해함으로써 전화 응대에 문제가 있었던 것이다. 살인사건이라도 날 것처럼 난리가 났다. 부서장으로서 민원인에게 사과를 하고 설득시켰다. 보통 민원인 같았으면 어느 정도 사정을 하면 정리가 되었다. 그래도 민원인 입장에서 끝까지 이해하고 설득시켰다. 전화를 받았던 직원이 직접 사과까지 했다. 끝까지 역지사지의 마음으로 민원을 대함으로써 원만하게 해결되었다. 늘 그랬듯이 나는 종이라는 마음으로 낮추고 또 낮추는 마음으로 민원에 대응했다.

오늘은 갈등에서 시작해서 갈등으로 하루를 마무리했는가 싶었는데 일과 후까지 이어지게 되었다. 퇴근 후에 톡이 날아왔다. 업무적으로 소통하는 과정에서 미래안전과 직원과 우리 부서직원 사이에 주고받은 메신저 내용이었다.

보는 순간 당혹스러웠다. 서로 역지사지의 마음으로 이해했으면 하는 안타까운 생각이 들었다. 자초지종自初至終을 듣는 것은 내일로 미루었다.

신규확진자 제로는 이어지지 않았다. 신천지로 인한 확진자 3명과 요양보호사 1명 등 4명의 신규확진자가 발생했다. 이제 막바지가 다가와서 그런지 여러 가지 갈등이 많이 빚어진 전투였다. 그래도 모든 것이 순조롭게 흘러갔다.

한편 지난 2월 24일 확진판정을 받은 보건소 한 주무관이 대구의료원에서 완치판정을 받고 3월 25일 퇴원했다는 소식이 전해졌다. 그리고 2주간 연가를 내어 자택에서 요양하기로 했다.

  3월 25일 현재 남구 코로나19 상황은 신규확진자 4명과 전산 누락 추가등록 4명 해서 8명이 늘어 누계확진자 1,354명이 되었다. 병원입원 340명, 시설입소 285명, 입원입소 대기 12명, 완치 707명, 사망 10명이다. 그리고 자가격리 224명이다. 검체는 67명으로 선별진료소 62명, 방문 5명이다.

〈 2020. 3. 25.(수) 맑음 〉

요양병원 등 고위험군까지 마무리

두렵지 않은 사람만 살아남았다.

오늘은 희망의 생명수 같은 봄비가 내렸다.

봄비처럼 코로나19와의 전생에도 난비가 내렸으면 좋겠다. 고진감래라고 했듯이 고통의 시간은 지나고 희망의 새싹이 돋아나는 하루가 되었으면 하는 바람으로 하루를 시작했다.

오늘도 작은 갈등이 있었다. 더 잘해보기 위한 의견 수렴과정이라 받아들였다. 시간이 지나면서 모든 것이 순조롭게 정리가 되었다.

그리고 성품이 이어졌다. 국민건강보험공단 대구남부지사 배숙련 지사장으로부터 샌드위치와 음료수 200인분이 전해졌다. 이처럼 격려를 아끼지 않는 분들이 있기에 최일선에서 일하는 직원들은 어떠한 어려움도 참으면서 혼신을 다하고 있다.

오늘은 집에 올 때까지 바깥에 한 번도 나가지 않았다. 코로나19와의 전투가 길어짐에 따라 많은 생각을 해야 했다. 지난 2월 18일 대구에 첫 번째 확진자가 발생하면서 초비상이 걸렸다. 첫 확진자의 진원지가 남구였기 때문이다. 그것도 이단으로 알려져 있는 신천지 대구교회로 집단시설이라 더욱 심각했다. 확진자는 봇물 터지듯이 날마다 쏟아졌다. 이러한 가운데 우리 남구는 모두가 합심하여 잘 대처해서 마침내 마무리를 해야 하는 단계에 왔다. 지금까지 신천지교회 신자, 사회복지시설, 요양원, 요양병원 등 고위험군은 물론 전 주민을 대상으로 유증상자에 대한 진단검사도 마쳤다. 이제는 격리해제를 위한 검사와 세계적으로 확산되고 있음에 따라 외국에서 입국한 사람들을 비롯한 새로운 고위험군에 대한 진단검사를 하고 있다.

선별진료소는 하루에 1천 명 검체 채취를 하던 때와는 현격한 차이가 있다. 10분의 1 정도로 떨어졌다. 이렇듯이 검체채취는 끝이 보이고 있다. 이제부터는 또 다른 시작을 위해 재무장을 해야 할 때가 되었다. 자가격리에 따른 생활비 지원, 코로나19로 인한 손실보상 대책 등을 위한 대비를 해야 한다는 것이다. 이러한 과정을 거치는 가운데 수많은 민원이 분출할 수도 있다. 행정조치 위반 등에 따른 고발도 있을 것이다. 오늘도 신천지신자 고발에 따른 참고인 조사를 받기도 했다. 그리고 자가격리 미이행에 따른 고발도 했다.

이처럼 앞으로 해야 할 일들을 위해 팀을 재구성하고 함께 효율적인 마무리를 위해 어떻게 해야 할지 등 많은 것을 생각한 하루였다.

3월 27일 현재 남구 코로나19 상황은 신규확진자 1명이 추가되어 누계확진자는 1,356명이 되었다. 병원입원 282명, 시설입소 236명. 입원입소 대기 7명, 완치 821명, 사망 10명이다. 그리고 확진자 접촉 등 자가격리 175명이다.

검체는 178명으로 선별진료소 55명, 방문 4명, M병원 2명, 시설 117명이다.

〈 2020. 3. 27.(금)비 〉

해외입국자 첫 확진자 발생

우리는 살아가면서 가끔 희망을 찾을 수 없는 암울한 장벽에 부딪칠 때가 있다. 그때 누군가에게서 희망의 목소리를 듣는다면 자신도 모르게 큰 용기를 얻을 수 있다. 바로 지금 내 앞에 놓여 있는 장벽, 혼자서는 도저히 감당할 수 없는 큰 돌 같은 것이다. "돌을 치워라." 이 힘 있는 목소리를 듣게 되는 순간 암울했던 장벽은 걷히고 희망의 빛이 펼쳐질 것이다. 그것이 바로 할 수 있다는 믿음이 아닌가 생각한다.

코로나19라는 암울한 터널도 보이지 않는 곳에서 희망의 빛을 비추어 주시는 그분이 계신다는 믿음으로 헤쳐나간다면 우리 모두는 아름다운 봄날처럼 희망의 새 빛을 향유할 수 있을 것이라 확신한다.

오늘은 60번째 맞는 생일이다. 되돌아보면 참 긴 세월이 흘렀다. 그래도 마음은 청춘이다. 꽃들을 보면 마음이 설레고 새싹을 보면 동심이 느껴진다. 정말 나이는 숫자일 뿐이다.

오늘도 생일이고 쉬어야 하는 주일이지만 새로운 탄생의 기분으로 코로나19와의 전선에 뛰어들었다.

화창한 봄날이다. 가족들과 연인들과 나들이하기 좋은 주일의 아름다운 봄날이다. 그러나 코로나19와의 전투로 모두가 타인처럼 거리를 두어야 하는 현실이다. 그 누구도 탓할 수 없다. 아니 모두가 '내 탓이오' 라는 반성의 마음이 필요하다고 생각한다. '신종코로나바이러스 감염증' 자체가 우리 인간으로 인해 생겨났기 때문이다. 이러한 고통의 순간을 겪으면서 자연의 소중함을 생각하고 우리 스스로 이기심을 타파해야 할 것이다. 코로나19 종식은 그 누가 하는 것이 아니라 우리 스스로의 힘으로 해야 한다. 잠시 불편한 생활을 인내하고 기본에 충실하게 생활하는 것이 종식의 지름길이다.

신규확진자 연속 제로는 다음으로 기약해야 했다. 국내 유증상은 마무리가 보인다 싶었는데 국외에서 유입되고 있다. 오늘 그 해외유입 첫 확진자가 발생한 것이다.

3월 29일 현재 남구 코로나19 상황은 영국에서 입국한 유학생 1명이 확진판정을 받음에 따라 첫 해외입국 확진자가 발생했다. 그래서 누계확진자는 1,357명이 되었다. 병원입원 246명, 시설입소 193명, 자가대기 6명, 완치 902명, 사망 10명이다. 자가대기 6명은 증상이 없고 사정상 꼭 자가치료를 요구하는 사람이다.

자가격리는 136명으로 접촉자격리 99명, 해외입국자 37명이다.

3월 29일 검체는 27명으로 선별진료소 23명, 방문 4명이다. 그리고 완치 후 재발이 4명 발생하였다. 4명은 모두 신천지신도로 밝혀졌다.

〈 2020. 3. 29.(일) 맑음 〉

지원인력 떠나보내는 마지막 날

사람은 내가 바뀌기 전엔 절대 변하지 않는다. 사람은 스스로의 힘으로 변화되지 않는다. 변화되었다고 속을 뿐이다. 내가 믿는 "나"를 바꿀 때 비로소 변화된다.

오늘은 전형적인 봄날이다. 그리고 3월의 마지막 날이다. 우리는 살아가면서 처음과 끝에 많은 의미를 부여한다. 이러한 맥락에서 오늘은 참 의미가 있는 날이다. 코로나19로 파견된 인력이 마지막 근무하는 날이기 때문이다. 엊그제 같은데 어느덧 한 달이 흘렀다. 확진자가 대량으로 정신없이 발생할 때 파견인력이 대거 왔기 때문에 일일이 반갑게 챙기지도 못했다. 그런데 어느 순간 시간은 흘렀고 코로나19도 종식단계에 이르렀다. 그렇지만 아직 마음을 놓을 단계는 아니다. 미국, 이탈리아를 비롯한 전 세계적으로 코로나19로 국난을 겪고 있는 가운데 해외입국자에 대한 대책이 이루어지고 있기 때문이다. 이러한 가운데 그동안 코로나19 현장에서 중요한 역할을 했던 지원인력을 떠나보내게 되어 마음이 무겁기만 했다.

또 파견 근무인력이 마지막 근무하는 날이라 생각하니 아이가 성장하여 독립하게 되어 집을 떠나보내는 기분이다. 이가 없으면 잇몸으로 먹으면 된다는 속담이 있듯이 이분들의 빈자리는 어떻게라도 메워지게 될 것이다. 그러나 그 빈자리는 크게 느껴질 것이다. 그동안 정말 수고가 많았습니다. 함께한 소중한 시간, 결코 잊지 않을 것입니다. 감사합니다.

시설관리공단 18명, 평생교육홍보과, 대덕문화 전당 등 구청 21명이 내일이면 근무지로 복귀하게 된 것이다.

근무하는 동안 확진자가 창궐하고 수많은 민원인의 원성을 참아 가면서 함께 일해 준 노고에 감사할 뿐이다. 코로나19와의 전투현장에서 함께한 나날들이 아름다운 추억이 되었으면 하는 바람을 가지면서 허전한 마음을 추슬렀다.

3월 31일 현재 남구 코로나19 상황은 타 기관에서 이관된 신규 확진자 1명이 발생하여 누계확진자는 1,358명이 되었다. 병원입원 222명, 시설입소 179명, 자가대기 4명, 완치 943명, 사망 10명이다. 자가격리 131명으로 확진자 접촉 94명, 해외입국자 37명이다. 검체는 63명으로 선별진료소 48명, 방문 4명, 병원자체 11명이다.

〈 2020. 3. 31.(화) 맑음 〉

보건소 자체 인력으로 코로나19 대응

진리가 우리를 자유롭게 한다.

오늘도 봄기운은 완연했다. 코로나19에 대한 추이를 지켜보면서 그동안의 경과를 정리했다. 한 편의 드라마를 보는 듯 그간의 현실들이 선명하게 떠올랐고, 많은 교훈을 얻었다.

코로나19로 3개월을 보내고 잔인한 달이라고 일컫는 달 4월이 시작되었다. 더 이상 확산이 없기를 바라며 새달을 맞이한다.

오늘 확진자는 제로였지만 코로나19로 사망한 사람이 발생했다는 안타까운 소식이 전해졌다. M병원 원장 동생이 코로나19 양성판정을 받아서 치료를 받던 중에 사망했다는 것이다. 아직 나이가 40대로 젊은 나이에 맞이한 죽음이었기에 많은 사람의 마음을 무겁게 했다.

오늘은 파견인력이 복귀하고 우리 보건소 인력으로 새로운 체제를 꾸리고 코로나19 대응을 한 첫날이다. 아침에 다소 많은 전화가 걸려와서 분주했다. 시간이 지나면서 안정을 찾았고 사무실 분위기는 평상으로 돌아갔다. 이러한 가운데 새로 시설관리공단 인력지원을 해 준다는 소식이 전해졌다. 새로운 체제로 이제 막 업무를 시작했기 때문에 몇 명을 지원받아야 할지 판단이 잘 서지 않았다. 동료들과 의논을 하고 여러 가지 정황을 고려하여 5명을 지원받기로 했다. 오늘 새로운 체제로 업무를 시작한 첫날로 혼란 없이 비교적 조용하게 지나갔다. 상황을 분석하면서 코로나19에 대한 그동안의 상황을 정리했다.

오늘도 뜻깊은 일이 있었다. 익명의 주민이 손편지와 함께 직접 만든 찹쌀떡케이크와 보리술빵, 호박술빵 등 100여 개 먹거리를 보내왔다. 참으로 일하는 큰 보람을 느꼈고, 우리 남구는 정이 넘친다는 것을 실감했다. 이러한 지역사랑 실천은 코로나19로 침체된 지역사회에 새로운 활력을 불러일으키는 촉매가 될 것이다.

4월 1일 현재 남구 코로나19 상황은 신규확진자는 제로였고, 전산 중복 등재가 있어 어제보다 1명이 감소하여 누계확진자는 1,357명이 되었다.

병원입원 198명, 시설입소 152명, 자가대기 4명, 완치가 991명, 안타깝게도 사망이 1명이 발생하여 12명이 되었다. 검체는 193명으로 선별진료소 191명(국내 187, 외국입국 4), 방문 1명, L병원 자체 검사 1명이다.

〈 2020. 4. 1.(수) 맑음 〉

봄날처럼 코로나19 종식이 되길 기대하며

우리는 진정으로 하나가 되기를 원하는가?

새싹이 파릇파릇 돋아나고 새들이 지저귀는 소리가 아름답게 들리는 싱그러운 봄날이다. 이처럼 아낌없이 우리 모두에게 아름다움을 선사하는 사연을 벗 삼아 코로나19로 지친 심신을 추스르는 하루가 되었으면 하는 바람으로 코로나19와의 전쟁터로 뛰어든다.

코로나19와의 전투의 끝이 보이고 있다. 신규확진자 제로를 유지했고, 안타깝게 재발한 환자도 곧바로 입원해서 치료를 받게 되는 등 대응이 원활하게 추진되고 있기 때문이다. 오전에는 봄 햇살이 빛나고 화창했다. 그러나 오후에는 바람이 다소 불면서 쌀쌀했다. 그래도 사방에 봄꽃이 아름답게 대지를 장식하고 있고 새싹이 마음의 평화를 선사해 주었다. 자연과 더불어 모처럼 혼자 산책을 하면서 봄의 정취를 마음껏 즐겼다.

집으로 오는 길목에 지난 2월 15일 이후 한 달 보름 만에 매호천에서 월드컵경기장을 거쳐서 욱수천에 이르는 산책을 했다. 코로나19의 위력은 대단했다. 늘 북적였던 월드컵경기장 주변은 한산했다. 홈플러스 내부는 손님들의 발길이 썰렁했을 뿐만 아니라 빈 점포들이 많았다. 썰렁하다기보다 적막감이 느껴졌다. 그리고 주차를 하려면 몇 바퀴 돌아야 했던 주차장은 빈 운동장처럼 텅비어 있었다. 기우이겠지만 이러다가 나라가 폭망하지 않을까 하는 걱정이 되기도 했다. 이러한 현실을 생각하면서 사방의 봄꽃을 벗 삼아 쉼 없이 걸었다.

그리고 코로나19 종식을 위하여, 코로나19로 어려움을 겪고 있는 모든 이를 위하여 기도했다. 어느덧 해가 지고 어두워지기 시작했다. 가로등 불빛이 밝혀졌다. 불빛에 비치는 벚꽃이 더욱 아름답게 느껴졌다. 날씨가 쌀쌀해서 그런지 인적도 없었다.

혼자 즐기기에 아까워 폰카에 아름다운 전경을 담았다. 마치 멀리 여행을 온 느낌이 들었다. 벚꽃은 이제 막바지에 이르러 꽃눈이 되어 바람에 흩날리기도 하고 땅을 아름답게 장식하기도 했다. 코로나19로 하마터면 그냥 지나칠 뻔했던 욱수골의 아름다운 봄의 정취를 마음껏 즐기는 뜻깊은 하루였다.

4월 4일 남구 코로나19 상황은 신규확진자는 없고 확진자 누계는 1,357명이다. 이 중 병원입원 149명, 시설입소 99명, 자가대기 4명(사정상 꼭 자가치료를 요구하는 사람), 퇴원, 퇴소 1093명, 사망 12명이다.

검체는 30명으로 격리해제 6명, 간병 단기일자리채용 3명, 일반 7명, 외국입국 14명이다. 한편 3월 1일부터 28일까지 상주적십자병원에서 치료 후 완치판정을 받은 이*수(여 24세)가 4월 3일 남구 선별진료소에서 검사를 받은 결과 4월 4일 양성으로 판정을 받아 재양성자 1명이 발생했다.

그리고 코호트 격리 중인 M병원 입원환자 및 종사자 120명에 대한 진단검사 결과는 전원 음성으로 판정되어 4월 5일 0시부터 격리 해제하게 되었다.

〈 2020. 4. 4.(토) 맑음 〉

동대구역 워킹스루 해외입국자 진단검사 지원

오늘 낮에는 봄의 정취를 향유할 수 있었다. 맑고 쾌청한 날씨처럼 코로나19도 산뜻하게 날아갔으면 하는 바람으로 하루를 시작했다. 그러나 밤에는 몸을 움츠리게 하는 쌀쌀한 날씨였다.

코로나19 신규확진자는 정체가 되고, 완치자는 늘어나고 있는 가운데 오늘 매일신문에 코로나19와 관련 희망이 담긴 조재구 남구청장의 '기고 글'이 실렸다.

지난해 연말 우한 집단폐렴을 시작으로 전 세계로 확산되고 있는 코로나19에 대한 그동안의 대응중심의 내용이었다. 그 상황을 최일선 현장에서 직접 체험하고 대응한 일원으로서 더욱 공감이 갔고, 가슴 뿌듯했다. 이렇듯이 인내는 쓰고 그 열매는 달다는 속담처럼 힘들었던 그 순간들은 새로운 희망의 선물이다.

코로나19로 힘든 상황을 겪고 있지만 신문보도를 통해 희망의 메시지를 접하고 일과를 시작함으로써 오늘은 더욱 신명나게 대응할 수 있었다. 이러한 가운데 비서실에서 전화가 걸려왔다. 점심 초대 전화였다. 감사하는 마음으로 응했고 모처럼 기분 좋은 점심시간을 보냈다. 이 자리에는 조재구 청장, 김영기 부구청장, 이진숙 자치행정국장, 이상희 보건소장, 이승원 행정지원과장, 배순일 미래안전과장 등 8명이 함께했다. 모두 코로나19 대응의 주역이라고 할 수 있다. 그래서 이 자리의 화두도 역시 코로나19에 대한 소통의 장이었다. 물론 남구청 산하 전 직원이 주역이다. 이러한 재난이 발생한 것은 재앙이라 할 수 있다. 그러나 그냥 단순한 재앙으로 받아들이고 누군가가 해결해 주겠지 하고 수수방관만 한다면 정말 모두 파멸하고 말 것이다. 반면에 주인의식을 가지고 지혜를 함께 모으고 합심하여 대응함으로써 전화위복의 계기가 될 수 있다. 이렇듯이 우리 남구의 이번 코로나19 사태에 따른 대응과정은 새로운 희망을 불러일으키는 불씨가 되었다고 확신한다. 오늘부터 대구시 주관으로 동대구역 맞이 주차장에서 해외입국자 진단검사를 위한 선별진료소 운영을 했다.

검사를 위한 부스 등 시설물은 대구시에서 주관하고 검체는 구군이 당번제로 운영이 되었다. 우리 남구는 이날 밤 21시 30분부터 24시 30분까지 당번이었다. 기본적으로 지원된 인력은 의사 1명, 간호사 2명, 행정요원 4명, 운전원 1명 등 8명이었다. 오늘은 첫날이라 이상희 보건소장, 김외숙 감염예방팀장과 현장근무 상황을 파악하는 차원에서 함께했다. 아울러 코로나19에 대한 전반적인 기록을 위하여 평생교육홍보과장을 비롯해서 3명이 참여해서 근무에 따른 전반적인 과정을 촬영했다. 늦은 밤 추운 날씨에도 불구하고 직원들이 수고를 아끼지 않았다. 해외입국자를 대상으로 현장 검체를 한 것이다. 늦은 시간이지만 입국자들은 진지하게 검사에 임했고 근무 직원들은 친절하게 검체를 하고 안내를 했다. 선진 시민의식을 엿볼 수 있었다.

열정적으로 책임을 다하는 동료들이 너무 감사하고 아름답게 느껴졌다.

이날 검체는 총 142명이었으며, 이 중 남구 보건소에서 실시한 인원은 19명이다. 오늘도 코로나19와의 전투를 치르면서 하루를 마무리했다.

4월 9일 현재 남구 코로나19 상황은 신규확진자는 없고, 확진자 누계는 1,360명이다. 이 중 병원입원 101명, 시설입소 53명, 자가대기 2명(사정상 꼭 자가치료를 요구하는 사람), 완치 1,190명(완치율 87.5%), 사망 14명이다.

검체는 82명으로 해외입국자 9명, 격리해제 21명, 단기일자리 8명, 유증상 34명, 신규간병사 10명이다.

〈 2020. 4. 9.(목) 맑음 〉

52일 만에 대구 신규확진자 제로 달성

진리에 속한 사람은 누구나 내 목소리를 듣는다.

오늘은 산뜻하게 하루를 시작했다. 지난 2월 18일 대구 첫 확진자가 발생한 이후 처음으로 대구에서 신규확진자 제로가 되었다는 소식을 들었기 때문이다. 이제는 종식이 현실화되고 있구나 하는 생각이 들었다. 이러한 맥락에서 코로나19 사태에 대한 그동안의 상황을 정리했다. 먼저 집단감염으로 이어진 M병원에 대해 정리를 했다. M병원에서 2월 24일 첫 확진자 발생부터 3월 21일에 이르기까지 37명의 확진자가 발생한 것이다. 한 사람의 잘못된 처사가 얼마나 여파가 큰 것인가 하는 교훈을 얻게 되었다. 첫 번째 확진자가 자신의 감염경로를 명확하게 밝히지 않았기 때문에 밀접접촉자 색출과 추가 감염차단을 하지 못했다는 의혹이 제기된 것이다. 고위험군인 신천지신자이면서도 그 사실을 밝히지 않았고, 감염경로를 다른 곳으로 돌리는 등 규정을 지키지 않았다는 것이다. 자신의 신분을 숨기지 않고 대구시에서 조치한 대로 자가격리를 하고 진단검사를 제때 받는 등 기본 수칙을 실천했더라면 자신 혼자로 끝날 수 있었을 것이라는 생각이 들었다. 코로나19 상황을 정리함으로써 대응에 따른 방향도 가늠할 수 있었다.

이처럼 마무리를 위하여 종합정리를 하는 가운데 한 통의 편지가 답지하였다.

경기도 화성시에 살고 있는 14세 소녀로부터 온 편지였다. 올해 초등학교를 졸업하고 중학교 입학을 해야 하는데 코로나19로 입학이 미루어지고 있는 안타까운 심정과 함께 코로나19 대응을 위하여 애쓰고 있는 우리 보건소 모든 사람에 대한 감사와 격려의 편지였다. 짧은 한 통의 편지였지만 싱그러운 봄 향기처럼 우리 모두에게 활력을 불러일으키는 청량제가 되었다.

마침내 대구 전체 신규확진자 제로가 되었다. 2020년 2월 18일 대구 첫 확진자(31번) 발생 후 52일 만이다. 이는 강도 높은 사회적 거리두기와 선제적 방역대책의 성과라 할 수 있다.

안타깝게도 하루를 결산하고 내일을 준비하려고 하는데 해외 입국자 한 사람이 신규확진자로 발생했다. 그리고 확진자로 완치 판정을 받은 한 사람이 재발이 되었다는 소식을 들었다. 오늘 아침 대구 신규확진자 제로는 계속 이어지지 못하고 다시 긴장하게 했다. 해외 상황이 좋아지지 않으면 국내 상황도 결코 안정을 찾을 수 없다. 이제는 한 사람 한 사람의 생활 속의 방역이 되지 않고는 결코 코로나19를 종식할 수 없다는 것을 인식해야 할 것이다.

4월 10일 현재 남구 코로나19 상황은 신규확진자는 없고, 전산정리로 북구 이관 1명이 있어 확진자 누계는 1,359명으로 줄었다. 이 중 병원입원 95명, 시설입소 51명, 자가격리 2명(사정상 꼭 자가치료를 요구하는 사람), 완치 1,194명(완치율 87.9%), 사망이 3명 늘어 17명이 되었다.

검체는 41명으로 해외입국자 1명, 격리해제 2명, 유증상 21명, 기타 17명이다.

〈 2020. 4. 10.(금) 흐림 〉

100일 만에 집에서 휴식

가진 자는 더 받지만, 나누지 않으면 가진 것이 아니다.

오늘은 부활대축일이다. 그리스도교 신자들에게는 연중 가장 큰 축복의 날이다. 그러나 올해는 코로나19로 마음으로만 느껴야 했다. 그리고 사회적 거리두기 운동으로 현장 미사가 없었기 때문에 방송을 통하여 미사를 봤다.

집에서 영상으로 미사를 보는 것도 의미가 있었다. 사람들의 관계가 중요하다는 것을 느낄 수 있었고, 성전에서 미사참례를 해야 하는 의미도 깨달았다. 우리 마음속에 예수님의 숨결을 체험하기 위해서는 성체성혈을 영해야 한다는 것이다.

이러한 여러 가지 차이를 생각하면서 가족과 함께 방송미사로 의무를 이행했다.

우리를 죄의 속박에서 풀어주시기 위하여 당신 스스로 무덤에

묻히셨다가 살아나셨다. 올해 부활대축일은 더욱 의미가 있다. 고통과 수모를 당하신 예수님을 기억해야 한다. 예수님은 사랑하는 제자의 결정적인 배반으로 십자가에 못 박혀 돌아가셨다. 그러나 사랑으로 모든 것을 받아들이셨다.

우리는 십자가를 결코 잊을 수 없다. 누가 무덤에서 예수님을 꺼내갔다. 우리 마음속에 예수님을 모셔야 한다. 십자가 없는 예수님은 계시지 않는다. 코로나를 무덤에 묻어 버리고 새로운 희망을 찾자.

신앙인으로서 부활대축일 의무를 마치고 쇼핑을 했다. 에스콰이어 구두가 세일을 했다. 무조건 4만 9천 원이었다. 마음에 드는 것을 구입했다. 그리고 여름 와이셔츠와 바지도 구입했다. 원래 가격에 비해서 80%나 저렴하게 마음에 드는 명품을 구입했기 때문에 대만족감을 느꼈다.

이어서 부활대축일을 축복하고 코로나19로 신자 없는 성당을 지키시느라 수고하신 주임 신부님, 수녀님, 그리고 사목위원들을 격려하기 위하여 마련한 오찬장에 갔다. 두 달여 만에 처음 하는 자리였다. 모두 건강한 모습으로 뵙게 되어 정말 반가웠다. 최일선에서 코로나19와 전투를 펼치는 나에 대하여 많은 기도와 격려를 아끼지 않았다고 했다. 정말 교우분들의 기도의 힘으로 당당히 역할을 다할 수 있었다. 그 감사의 마음을 담아 오늘 오찬은 내가 빨랑카했다. 오늘 오찬장은 아름다운 정원이 있는 수성구 성동에 있는 소나무 식당이었다. 주변에 복숭아밭과 포도밭이 있어 전원의 정취를 마음껏 즐길 수 있었다.

이렇게 부활의 축복을 나누고 오후에는 집에서 쉬었다. 팀장에게 전화를 했더니 특별한 일이 없다고 했다. 사회적 거리두기 강력추진과 해외입국자 감염확산 사전 차단, 고위험군에 대한 진단검사 강력추진 등으로 이제 신규확진자는 정점에 이르게 되었다. 그래서 검체 인원도 줄어드는 등 다소 여유가 있어 모처럼 집에서 쉴 여유가 생겼다. 휴일에 집에서 쉬는 것은 100일여 만에 처음이다. 마음이 편하지 않았다. 오늘은 신규확진자도 없고, 검체 인원도 20명으로 비교적 적은 인원이 선별진료소를 찾는 등 특별한 일이 없었기 때문에 마음을 놓을 수 있었다. 어쨌든 오늘은 부활대축일 기념으로 평안한 안식을 취했다.

아파트 정원에도 봄이 무르익어 가고 있다. 아파트 도색으로 새롭게 단장하고 나무에는 새잎이 돋아나고 있다.

그리고 이른 봄꽃은 지고 잎으로 갈아입었지만 영산홍이 활짝 피어서 입주민들에게 봄의 정취를 더 느끼게 했다.

4월 12일 현재 남구 코로나19 상황은 신규확진자는 없고, 확진자 누계 1,360명이다. 이 중 입원 및 시설입소 130명, 자가격리 2명, 사망 17명이다. 그리고 완치는 1,211명(완치율은 89%)이다.

검체는 20명으로 해외입국 4명, 격리해제 3명, 유증상 등 13명이다.

〈 2020. 4. 12.(일) 맑음 〉

대구 확진자 발생에 따른 동선 공개 재개

　신규확진은 없지만, 재발이 늘어나고 있어서 새로운 사회적 감염으로 이어질까 걱정이다. 코로나19에 대응하는 의료진은 물론 질병관리본부, 각 지자체에 근무하는 공무원도 파김치가 되어가고 있다. 신규확진자 발생이 멈추고 종식이 될 것으로 기대하고 있는 가운데 재양성자가 늘어나고 있어 방역당국을 더욱 긴장하게 하고 있다. 이제 신규도 재발도 완전 종식을 위해 특단의 비책이 나왔으면 하는 바람뿐이다.

　오늘은 대량 확진으로 확진자 동선을 공개하지 못했으나 앞으로 발생하는 확진자에 대한 동선을 공개하기로 했다. 이를 위해 김재동 보건복지국장 주재의 회의가 있었다. 주소지에서 조사와 함께 공개를 하고 관련 구군도 함께 협업을 하기로 했다. 신속한 대응을 위해 확진자 동선 공개는 확진자 발생 익일 공개를 원칙으로 했다. 검체도 수동적이 아니라 능동적으로 이루어져야 한다는 데 의견을 모았다. 의료진이 부족하기 때문에 검체대상을 늘리는 경우는 인력부족 현상을 초래한다는 문제점을 제기하고 상황추이에 따라 신축성 있게 대처할 수 있도록 단계적 대응지침이 필요하다는 데 의견을 모으게 되었다.

오늘 4월 17일 남구 코로나19 상황은 신규확진자는 없고, 확진자 누계는 1,360명이다. 이 중 완치 1,251명(완치율 92%), 병원입원 및 시설입소 90명, 자가격리 2명, 사망 17명이다.

검체는 46명으로 격리해제 17명, 일반유증상 등 29명이다. 그리고 재확진자 1명이 발생하여 재양성자는 15명이 되었다.

그리고 확진자 접촉 등에 따른 자가격리 대상자 211명이다. 이 중 해외입국자 179명이다. 내국인 81명, 외국인 98명으로 외국인은 82명이 영남이공대 유학생이다.

〈 2020. 4. 17.(금) 맑음 〉

코로나19와 함께한 공직생활 39주년

　오늘은 공직입문 만 39년이 되는 날이다. 그래서 오늘 공무원 동기들이 동부인해서 봄나들이를 하기로 했다. 손꼽아 기다려 왔다. 그런데 코로나19가 우리들의 꿈을 가로막고 말았다. 오늘은 사무실에 나가지 않았다. 가족과 함께 39년을 기념하는 마음으로 맛집으로 알려진 경산 와촌에 있는 대호 돼지국밥집에서 돼지국밥으로 외식을 했다.

　그리고 아파트 정원에 조성한 화분 텃밭을 새로 단장했다. 내 농장을 일군다는 마음으로 큰 화분 두 개를 올해 새로 구입했다. 정말 내 땅이 생긴 기분이었다.

　배양토와 영양제를 사서 토양을 갱신했다. 그리고 상추 50포기, 케일 20포기, 쑥갓 20포기, 들깨 10포기, 고추 11포기(청양 5, 일반 5, 비트 1), 토마토 4포기(대추빨강 1, 노랑 1, 방울빨강 2), 오이 2포기(가시 1, 조선 1) 등 한 해 먹거리를 위한 모종을 심었다. 불과 한 평도 채 되지 않는데도 온몸이 땀으로 적셔지고 허리도 아팠다. 농사가 힘이 든다는 것을 절실히 느낄 수 있었다. 그래도 깔끔하게 정돈된 텃밭을 보니 마음이 뿌듯했다. 특히 올해는 제대로 토양을 갖추어 모종을 심었을 뿐만 아니라 종류도 다양했기 때문에 머지않아 수확 때가 되면 큰 보람도 느낄 수 있을 것이라는 기대가 앞섰다. 하루하루 자라는 모습을 보는 것 또한 행복이다. 이 텃밭에 투입된 비용은 10만 원이다. 이들이 주는 행복은 돈으로 평가할 수 없을 것이다. 어쨌든 오늘은 내 마음의 쉼터가 하나 생겨서 너무 행복하다.

이 기분으로 혼자서 공직 39주년 기념 나들이를 했다. 집을 나서는 순간 여행이라고 생각하면 일상이 늘 즐거울 것이다. 코로나19로 멀리는 못 갔지만 동네 구석구석 다니면서 관광을 즐겼다. 집을 나서서 남천을 건너 경산 압량들판을 가로질러 남매지 공원으로 갔다. 들판의 과수원에는 꽃이 지고 열매가 맺히고 있었다. 코로나와 치열한 전투가 펼쳐지고 있는 가운데 계절은 쉼 없이 지나가고 있었다.

남매지 공원에는 나들이하기 좋은 날씨라서 많은 사람이 산책을 하고 있었다. 산책을 하는 중에 고향친구 허진태를 만났다. 잠시 안부를 묻고 서로의 길을 걸었다. 사방의 나무에는 생명력이 넘쳐나고 봄의 정취를 한껏 느낄 수 있었다. 남매지를 둘러보고 지난겨울에 산책 삼아 잠시 둘러보았던 경산자연마당으로 갔다.

이른 봄꽃은 지고 잎이 무성해지고, 숲이 우거져 자연미를 더해주었다.

그리고 어여쁜 꽃이 피어 있어서 힐링이 절로 되었다. 그런데 정비공사를 하고 있어서 찾는 사람은 드물었다. 그래도 혼자서 자연의 정취를 한껏 즐기는 추억이 되었다. 이어서 경산시장을 거쳐서 남천으로 해서 집으로 왔다. 남천에는 자연스럽게 조성된 유채꽃이 인상적이었다.

유채꽃을 보면서 제주도 등 유채꽃 축제장을 즐기는 기분을 느껴보기도 했다.

자주 거닐던 남천이었지만 그때마다 새로운 정취를 느낄 수 있었다. 이렇게 공직 39주년을 뜻깊게 보냈다. 오늘 2시간 30분 동안 12km 거리의 경산시내 일원을 관광했다. 경산시가지 전체를 내 마음에 품었다. 꼭 내 소유인 땅만 내 것이 아니다. 내 발로 밟을 수 있는 땅은 내 것이나 마찬가지라 할 수 있다. 결국 온 세상이 모두 내 것이고 우리들의 것이다.

기분 좋은 하루를 보냈는데 코로나19는 더욱 기승을 부렸다. 안타깝게도 남구에 신규확진자 1명과 재확진 5명이 발생했다는 소식이 전해졌다. 더군다나 완치판정을 받고 병원에 입원했는데 병원 내에서 재발이 되어 집단감염이 우려되어 새로운 비상사태를 맞이하게 되었다. 완전히 종식될 때까지 잠시도 마음을 놓을 수 없는 형국이다.

오늘까지 코로나19 상황은 재양성은 전국 163명, 대구 67명, 남구 20명이다.

그리고 오늘 대구는 신규확진자 3명이 발생했다.

오늘 4월 18일 남구 코로나19 상황은 신규확진자 1명이 발생하여 확진자 누계 1,361명으로 늘어났다. 신규 1명은 확진자 가족이었다. 완치는 1,260명으로 완치율 92%다. 병원입원 및 시설 입소 83명, 자가격리 치료 중 1명, 사망 17명이다.

검체는 106명으로 해외입국 2명, 일반유증상 등 43명, 병원자체 검사 61명이다.

한편 재양성 5명이 발생하여 재양성 누계 20명이 되었다.

그리고 확진자 접촉 등으로 인한 자가격리 대상자는 206명으로 해외입국자 176명이다. 해외입국자 중 내국인 80명, 외국인 96명, 외국인은 85명이 영남이공대 유학생이다.

〈 2020. 4. 18.(토) 맑음 〉

4.15 제21대 국회의원 총선거 투표자 재양성 발생

공동체는 그 공동체를 유지하게 만드는 믿음을 반드시 가지고 있다. 누구든 그 공동체에 들어가면 그 믿음을 흡수하지 않을 수 없다.

불씨는 불씨로 끝이 나길 간절히 바라면서 코로나19 대응에 나섰다.

어제는 코로나19에서 잠시 벗어나 혼자서 봄의 정취를 마음껏 즐겼다. 오늘은 코로나19 전투 현장에서 하루를 보냈다. 완치판정을 받고 4월 15일 제21대 국회의원 투표를 한 사람이 재발한 사실이 밝혀져 어제부터 비상이 걸렸다. 그것도 한 사람이 아니라 두 사람이었다. 마스크를 끼고 일회용 비닐장갑을 낀 상태에서 투표를 했고 앞뒤 거리를 1m 이상 띄었기 때문에 밀접접촉으로 볼 수 없지만 대책을 강구하지 않을 수 없었다. 그래서 투표종사원에 대한 진단검사를 실시했다. 결과는 모두 음성으로 나왔다. 어제는 우리 남구 주민이 논산훈련소 신병교육대에서 재발하고, L병원에서 재발하는 등 제2의 전성기가 오지 않을까 걱정이 되었다. 그래서 오늘은 긴장해서 그 현장으로 갔다. 이러한 현상 때문에 4월 19일 오늘까지 계획되었던 사회적 거리두기는 5월 5일까지 16일간 연장되었다. 올 상반기는 코로나19로 보내야 하는 분위기다. 이러한 분위기 속에서도 온 대지에 생명력을 불러일으키는 봄비가 내려 코로나19에 쌓인 피로를 잠시나마 떨쳐버릴 수 있었다. 이 비 덕분에 어제 새로 단장한 우리 집 텃밭에는 새로운 기대와 희망으로 가득 찼다.

오늘 4월 19일 남구 코로나19 상황은 신규확진자는 없고, 확진자 누계 1,361명이다. 이 중 완치 1,264명(완치율 92.8%), 병원입원 및 시설입소 79명, 자가격리 치료 1명, 사망 17명이다.

검체는 53명으로 격리해제 33명(해외입국 26, 일반 7), 확진 접촉자 15명(대명1투표소 종사자 15), 일반유증상 5명이다.

그리고 확진자 접촉 등으로 인한 자가격리 대상자 197명이다. 이 중 해외입국자 169명이다. 해외입국자는 내국인 76명, 외국인 93명이다. 외국인 중 85명이 영남이공대학교 유학생이다.

〈 2020. 4. 19.(일) 맑음 〉

자가격리 불이행 피고발인 고발 취하 요구

한마음 한뜻? 우리는 물질을 넘어 친교와 믿음, 나눔의 실천으로 한마음 한뜻을 이뤄나가야 한다.

오늘은 아침부터 격려의 떡 배달이 되었다. 평소 존경하는 분께서 보내 주셨다. 정성과 사랑이 담긴 떡과 함께 격려의 쪽지 편지가 전해진 것이다. 마땅히 해야 할 일을 하고 있을 뿐이지만 일선에서 일하는 보람을 느꼈다.

한편 코로나19에 따른 자가격리 불이행으로 고발된 데 대하여 선처를 바라는 민원을 접견하고 마음이 무거웠다. 미국에서 입국함으로써 자가격리가 되어 밖으로 나올 수 없는 상태에서 허가 없이 제21대 국회의원 총선거 사전투표를 함으로써 고발된 사건이다.

해외입국자들의 확진사례가 발생하여 해외입국자에 대한 엄격한 자가격리를 이행토록 하고 위반 시는 무관용 원칙을 천명한 시점에서 발생한 것이다. 민원인은 국민으로서 주권행사를 했고 법을 몰라서 위반했기 때문에 고발 취하를 요구했다. 부모로서 자식을 위하는 마음은 충분히 이해가 되었으나 법 위반에 대한 정당한 행정행위를 번복하는 것은 절대 불가함을 설득시켰다. 모든 정황에 대한 처분권은 사법기관의 권한이기 때문에 사법기관에서 관용을 받을 수 있도록 기도하겠다는 약속을 하고 마무리를 했다.

법은 사회정의를 위해 사람이 만들었다. 그리고 정의사회 구현을 위해 모든 사람은 법 앞에 평등하고 그 법을 지켜야 한다. 그렇지만 그 법 때문에 사람의 앞길을 가로막는 일은 없어야 할 것이다. 법에는 재량행위가 있기도 하지만 경우에 따라서 전혀 재량성이 없는 것도 있다. 그 재량을 발휘할 수 있는 사람은 법관뿐이다. 그러기에 사법이 무너지면 사회 전체가 무너질 수 있다. 이러한 맥락에서 모든 정황을 판단해서 법의 정신을 깊이 헤아려 잘못에 대해서는 바로 잡아주되 한 사람의 삶에 상처를 주는 일이 없어야 할 것이다. 그리고 젊은이가 꿈을 향해 더욱 열심히 살아갈 수 있는 판결이 필요하다고 생각한다. 이번 코로나19에 따른 자가격리 불이행 사건은 법의 정신도 살리고 한 사람에게 상처를 남기지 않는 현명한 판결이 나길 기대한다.

사회적거리 완화 이틀째, 국민의 마음을 느슨하게 해서는 안된다.

오늘 4월 21일 남구 코로나 상황은 신규확진자는 없다. 그래서 확진자 누계 1,361명을 유지했다.

이 중 완치 1,275명(완치율 93.7%), 병원입원 및 시설입소 68명, 자가격리 치료 1명, 사망 17명이다.

검체는 32명으로 격리해제 16명(해외입국 16), 완치 후 유증상 4명, 일반유증상 12명이다. 재양성 역시 19명(3차 재확진 1)을 유지했다.

그리고 확진자 접촉, 해외입국자 등으로 인한 자가격리 190명이다. 이 중 해외입국자 162명이다. 해외입국자는 내국인 86명, 외국인 76명으로 외국인 76명은 영남이공대 유학생이다.

〈 2020. 4. 21.(화) 맑음 〉

자가격리자와 완치자 한집 동거에 따른 한바탕 소동

"진리를 실천하는 이는 빛으로 나아간다." (요한3, 21)

우리는 믿음과 사랑으로 선을 행하여 어둠의 조각조차도 빛으로 물들이는 삶을 살아야 한다.

오늘 오전에는 코로나19에 대한 그동안의 대응경과를 살펴보면서 보냈다.

오후에는 의회 제1회 추가경정예산 설명과 코로나19 확산방지를 위한 방재단 긴급대책회의에 참석하는 등 바쁘게 보냈다.

이러한 가운데 확진자가 완치되어 집으로 왔는데 집에는 아직 자가격리 대상 가족이 있어 가족 간의 갈등으로 인하여 한바탕 소동이 벌어졌다.

그 경위는 조카와 딸이 한집에서 살았는데 한 사람이 확진됨에 따라 확진자 접촉으로 자가격리가 되고, 확진자는 병원에 입원하게 되었다. 그런데 확진자가 먼저 완치판정을 받아 집에 오게 된 것이다. 그런데 집안 여건상 자가격리자와 독립할 여건이 되지 않아서 아버지와 딸과의 소동이 벌어진 것이다. 결국 완치판정을 받은 딸은 생활치료시설에서 일시적인 격리 생활을 하는 것으로 결정을 하고 보건소에서 낙동강 수련원으로 이송함으로써 정리가 되었다.

한편 예산 설명과 방재단 회의에서는 코로나19 대응에 따른 격려 일색이었다.

코로나로 가정이 화목하게 된 곳도 있지만 누적된 피로감으로 갈등이 증폭된 가정도 있을 것이다. 어떻게 받아들이느냐에 따라 결과가 달라지는 것이 우리 인생사다. 모두가 전화위복의 계기로 삼았으면 좋겠다.

오늘 4월 22일 남구 코로나19 상황은 재유행을 대비하고 있는 가운데 또 신규확진자가 발생했다. 영대병원에서 발생한 것이다. 최근에 두 명의 재양성자가 발생했기 때문에 확산방지를 위해 대처를 했는데 또 신규확진자가 발생하여 방역에 문제가 없었는지 좀 더 세심한 점검이 필요하다고 생각된다. 확진자는 영대 확진자 병동 간호조무사였다. 역학조사를 철저히 하고 근본 대책을 강구해야 할 것이다. 확진자 누계는 1명이 늘어 1362명이 되었다. 이 중 완치 1,283명(완치율 94.2%), 병원입원 및 시설입소 61명, 자가격리 치료 1명, 사망 17명이다.

검체는 44명으로 격리해제 21명(해외입국 12, 일반 9), 완치 후 유증상 3명, 일반유증상 20명이다. 신규 재양성이 없어 재양성 누계는 19명(3차 재확진 1)이다.

　확진자 접촉, 해외입국자 등 자가격리 대상자는 206명이다. 이 중 해외입국자 169명으로 내국인 77명, 외국인 92명이다. 외국인 중 83명은 영남이공대 유학생이다.

〈 2020. 4. 22.(수) 맑음 〉

확진자 남구 출몰 소동

아는 만큼 보이게 되어있다. 그러나 실제로는 믿는 것만 보이는 것이다.

오늘도 나들이하기 좋은 날씨였다. 오전에는 집에서 쉬면서 성찰의 시간을 가졌다. 오후에는 딸의 도움을 받아 사무실에 출근했다. 가는 길에 대백프라자에 들러서 여름 콤비와 바지를 장만했다. 브랜드가 있는 제품이라 세일을 해도 생각보다 비싸다는 느낌이 들었다. 그래도 핏이 몸에 잘 맞아서 큰마음 먹고 구입을 했다. 최근에 구입한 제품 중 가장 고가다. 재킷이 9만 9천 원, 바지 4만 9천 원이었다. 나이를 먹을수록 외모에 신경 써야 한다고 해서 올봄에는 유행에 맞추어 신발과 옷을 적지 않게 장만했다. 지난해 구입한 옷들은 유행이 지났다는 생각이 들어 조만간 정리하기로 했다.

요즘은 사회적 거리두기와 감염예방을 위해 마스크를 착용하고 생활하고 있기 때문에 얼굴보다 신발부터 해서 의복에 신경을 많이 쓴다는 느낌이 들었다. 이 또한 다른 사람을 배려하는 것이라고 생각한다. 나 역시 그러한 마음으로 정장을 즐겨 입고 가급적 넥타이를 하고 다닌다. 이처럼 외모를 챙기는 것은 자신의 위생 때문이기도 하지만 다른 사람을 배려하는 데 있다고 할 수 있다. 이러한 맥락에서 오늘 옷에 투자를 한 것이다.

쇼핑을 하고 사무실에 들렀다. 확진은 없다고 했다. 그러나 확진판정을 받은 사람이 남구의 한식당을 들렀다는 소식이 전해져서 긴장하게 했다. 포항 해병대에 입대해서 4월 23일 확진판정을 받은 19세 남성이 4월 17일부터 부산의 클럽 등지를 비롯해서 남구 내 식당을 다닌 사실이 드러나 당혹스럽게 했다. 한편 이 확진자는 대구의 한 병원에서 치료 중에 있는 것으로 알려졌다. 아직 정확한 정황은 밝혀지지 않았다. 정상적으로 마스크를 끼고 사회적 거리두기를 잘 지켰다면 파장은 그다지 크지는 않을 것이다. 이렇게 되길 바라면서 사무실에서 나와 집으로 향했다. 집에 오는 길목인 매호천에서부터 체력을 단련하고 봄나들이도 즐기는 일석이조의 효과를 얻겠다는 마음으로 산책을 했다. 오늘은 다소 여유가 있어서 매호천으로 해서 대구미술관, 실내육상체육관, 월드컵 축구경기장, 욱수지, 욱수천으로 시지 일주 산책을 했다. 오늘 운동량은 만 8천 보, 12km를 걸었다. 싱그러운 자연을 벗 삼아 걸어서 그런지 걸을수록 발걸음이 가벼웠다. 오늘도 봄을 향유하면서 뜻깊게 하루를 보냈다.

코로나19 상황은 전국적으로 신규확진자는 진정세가 계속 이어지고 있다.

전국 신규확진자는 10명, 대구는 1명이었다. 봄날처럼 안정과 평화가 쭉 이어졌으면 하는 바람을 가져본다.

4월 26일 현재 남구 상황은 신규확진자는 없고, 누계 1,361명을 유지했다.

완치는 4명이 늘어 1,295명으로 늘어 완치율은 95.1%가 되었다. 병원입원 및 시설입소 4명, 자가격리 1명, 사망 16명이다.

검체는 5명으로 격리해제 1명(해외입국 1), 확진자 접촉 2명, 일반 유증상 2명으로 진단검사도 확연히 줄었다.

재양성도 없고 누계 23명(3차 재확진 1)으로 12명은 다시 완치가 되었다.

확진자 접촉, 해외입국 등에 따른 자가격리자는 176명으로 해외입국자 141명이다.

해외입국자는 내국인 53명, 외국인 88명이다. 외국인 중 76명은 영남이공대 유학생이다.

〈 2020. 4. 26.(일) 맑음 〉

동료의 아픈 소식

외적인 표징은 내적인 표징을 앞서지 못한다. 외적인 표징은 내적인 표징의 준비일 뿐이다.

사방에는 녹음이 짙어지고 생동감이 넘쳐나 아름답기만 하다. 이러한 가운데 좋은 일이 많았으면 '금상첨화'일 것이다. 그렇지만 세상은 아름다운 일만 있는 것이 아니다. 많은 사람이 봄의 정취를 즐기는 가운데 아픔과 고통을 겪는 사람도 있다. 얼마 전까지만 해도 코로나19 대응에 열정을 다하는 모습을 보았는데 오늘 동료의 안타까운 소식을 듣게 되었다. 평소 스포츠맨이고 늘 건강하고 밝게 생활하던 사람이 중병을 앓고 있다는 것이다. 근무를 계속할 수 없을지도 모른다고도 덧붙였다. 우리는 언젠가 이 세상을 떠나야 한다. 즉, 누구나 죽음을 맞이해야 한다는 것이다. 죽음은 생의 마지막이자 모든 것의 끝이다. 그러기에 모든 것이

용서되고 받아들일 수 있다. 끝이라는 것은 새로운 출발을 의미도 담겨 있다. 누군가의 죽음은 누군가에게 새로운 용기와 희망을 가져다준다. 이 안타까운 소식을 들으면서 내가 우리 사회를 위하여 무엇을 할 수 있을까 하는 생각을 하게 되었다. 모든 것을 받아들이고 더욱 열정적으로 살아갈 것이라는 다짐을 했다.

오늘도 영대병원 간호사 1명이 확진되었다. 전주에서 파견 온 간호사였다. 곧바로 전주에 있는 전북대학 병원으로 이송되었다. 자차로 이동하고 우리 직원이 동선 파악을 위해 에스코트를 했다. 저녁에는 사회적 거리두기를 하는 가운데 소통의 시간을 가졌다. 마음은 편하지 않았다.

오늘 4월 28일 남구 코로나19 상황은 신규확진자는 계속 제로로 이어져 누계확진자는 1,361명을 유지하고 있다. 완치는 2명이 늘어 1,302명(완치율 95.7%)이 되었다. 병원입원 및 시설소는 42명으로 줄었다. 자가격리 1명, 사망 16명은 변함이 없다. 검체는 92명으로 특수학교 72명, 격리해제 4명(외국인 3, 일반 1), 요양병원 1명, 일반유증상 10명, 간병인 3명, 파견인력 검사 2명이다.

재양성 신규는 없고, 누계 23명(3차 재확진 1)을 유지하고 있다. 완치는 13명으로 늘었다.

확진자 접촉, 해외입국 등에 따른 자가격리자는 171명으로 해외입국자가 137명이다. 해외입국자 중 내국인 54명, 외국인 83명이다. 외국인 중 75명은 영남이공대 유학생이다.

〈 2020. 4. 28.(화) 맑음 〉

사회적 거리두기를 생활 속 방역으로 전환 발표

착함은 서로를 아는 것이다. 안다는 것은 나와 다른 것에 대한 정보의 수집이나 지식의 축적으로 이해한다. 진정한 착함은 누군가에 대한 믿음과 의탁이다.

오늘은 아침부터 한여름처럼 무더웠다.

코로나19는 전국 신규확진은 8명이고 대구는 발생하지 않았다. 안타깝게도 남구는 재확진 1명이 발생했다. 신천지신자로 가족 4명 모두 확진자였고 2명은 재확진이 되는 등 가족 내 감염이라고 할 수 있다. 신규 8명도 모두 해외유입으로 지역사회 감염은 없었다. 국내 감염은 안정세에 접어들었다고 예단할 수 있다. 계절이 겨울을 지났고 봄도 세월의 흐름에 순응하여 여름에 자리를 물려주고 있는 시점이 되었다. 이렇듯 이 코로나19도 세월의 흐름에 순응하여 완전 종식이 되었으면 하는 바람으로 하루를 보냈다.

5월 3일에는 코로나19에 따른 정세균 국무총리의 사회적 거리 두기를 생활 속 거리두기, 즉 생활방역으로의 전환 발표와 감염 병 위기단계 조정을 검토할 것이라는 예고가 있었다. 그래서 오 늘은 우리 보건소에서도 이에 따른 선별진료소 운영시간 조정, 당직근무, 하절기 비상방역대책에 대한 검토를 했다. 특히 운송 지원으로 파견된 군인이 5월 6일부터 복귀함에 따른 수송대책은 바로 시행해야 하기 때문에 보건행정과 직원을 중심으로 근무조 를 편성했다. 다른 조치는 정부방침에 따라 신축성 있게 대처하 기로 했다.

그래도 전문가들로부터 제2의 유행이 올 것이라는 예측이 조심 스럽게 흘러나오고 있고, 대량확진이 발생하고 있는 만큼 긴장의 끈은 놓을 수 없다. 보건소 고유의 업무를 준비하면서 코로나19 대응에 최선을 다해야 한다는 의지를 다지면서 하루 일과를 마무 리했다.

일과 후에는 모처럼 친구 박정우와 소통의 시간을 가졌다. 그리 고 집에 와서 올해 새롭게 단장한 화분 텃밭에서 첫 수확한 상추, 케일, 쑥갓 등으로 맛있게 저녁을 먹었다. 세상에서 가장 푸짐하 고 맛난 저녁 밥상이었다. 늦은 시간이라 가족들은 식사를 다 했 기 때문에 혼자 이 맛난 밥상을 즐기게 되어 아쉽기는 했지만 행 복을 충분히 느꼈다.

오늘 5월 4일 남구 코로나19 상황은 신규확진자가 발생하지 않 았다.

확진자 누계는 1,361명으로 변함이 없다. 완치는 3명이 늘어

1,308명(완치율 96.1%)이 되었다. 그리고 입원 및 시설 36명, 사망 17명이다.

완치 후 재확진 1명은 신천지신자 1명(가족 4명 신천지로 부녀재발), 재발 양성 누계는 31명(3차 재확진 1)이다. 재발 후 완치는 18명이다.

검체는 28명으로 영대병원 4명, 격리해제 6명(영남이공대 외국인 6), 일반유증상 등 18명이다.또한 5월 4일 18시 현재 전체 자가격리자 3,837명으로 3,981명이 격리해제가 되고 146명은 자가격리 중이다. 이 중 해외입국자 99명이다. 해외입국자는 내국인 43명, 외국인 56명이다. 외국인 중 45명은 영남이공대 유학생이다.

〈 2020. 5. 4.(월) 맑음 〉

생활 속 방역으로 전환

맞아들임은 들어 높임이다. 모든 맞아들임은 내가 종이 되는 일이다. 산은 물을 담아 놓을 수 없다. 높기 때문이다. 그러나 계곡은 산보다 낮으므로 물을 맞아들이고, 강은 더하고 바다는 더하다.

오늘은 고강도 사회적 거리두기에서 생활 속 방역으로 전환된 날이다. 아직 해외유입 확진자가 계속 발생하고 있어 긴장의 끈을 놓을 수는 없다. 그래도 심적인 부담은 가벼워진 느낌이 들었다.

일과시간 중에는 보건소에 첫 발령을 받아 코로나19 대응에 헌신적인 역할을 했던 박서진 주무관이 건설과로 전보됨에 따른 격려 방문을 했다.

코로나19에 따른 덕담을 나누는 여유를 가졌다. 화두는 어디 가든 코로나19에 대한 이야기였다. 그때마다 열정을 다하는 직원들의 모습이 떠올랐다. 그 저력을 느낄 수 있었다. 만나는 사람마다 고생을 했다고 격려 일색이었다. 돌이켜 보면 그 누구도 그러한 상황이 되면 다 해야 하고 할 수 있는 일이다. 당연히 해야 할 일을 당연한 사명감으로 해야 할 뿐이었다. 그런데도 과분한 격려를 받고 있다는 느낌이 들어 사람들을 만나는 것이 부담으로 느껴졌다.

또 저녁에는 생활 속 방역 전환 기념으로 동창들과 소통의 시간을 가졌다.

이 자리에는 평소 가끔 만나서 추억담을 나누는 박근화, 장해식, 최송숙 그리고 나 해서 네 명이 함께했다. 역시 코로나19 이야기로 시작되었다. 이번 코로나19를 통해 방역당국의 대응에 국민이 적극적으로 호응해 줌으로써 안정을 되찾게 되었고, 선진 국민의식을 엿볼 수 있었다는 데 서로 공감을 했다.

이어서 우리는 학창 시절의 추억과 사회적 현실에 대한 이야기꽃을 피워 나갔다. 이러한 가운데 언제 시간이 흘러갔는지 지하철 막차 시간이 되었다. 아쉬움을 남기고 서둘러 서로의 갈 길을 갔다. 간신히 지하철 막차를 탔다. 아차 하는 순간에 지하철은 종점에 도착했다. 다시 종점에서 집으로 역주행을 해야 하는데 운동 삼아 걸었다. 종점에서 집까지 30여 분간 걸어오면서 하루의 피로는 확 날려 버리고 아름다운 추억은 잘 정리를 해서 마음속에 담았다.

코로나19 상황은 전국적으로 신규확진자 4명이 발생했다. 해외유입 3명, 지역이 1명이다. 그래서 확진자 누계 10,810명으로 증가했다. 대구는 신규 발생이 없어 누계 6,856명을 유지했다.

남구 역시 신규확진자는 없고, 확진자 누계 1,361명이다. 이 중 완치가 1,316명으로 완치율은 96.7%다. 그리고 입원 및 시설 28명, 사망 17명이다. 검체는 26명으로 격리해제 5명(영남이공대 외국인 5), 일반유증상, 격리해제, 시설입소 등 21명이다.

재양성도 없으며 재발 누계 35명(3차 재확진 1)이다. 재발 후 완치 20명이다.

지금까지 전체 자가격리자는 3,866명으로 3,752명이 격리해제 되고, 현재 114명이 격리 중이다. 이 중 해외입국자가 75명이다. 해외입국자 중 내국인 52명, 외국인 23명이다. 외국인은 15명이 영남이공대 유학생이다.

〈 2020. 5. 7.(목) 맑음 〉

남구 이태원 클럽 방문자 1명 발생

우리가 자기가 처해 있는 현실을 도무지 받아들일 수 없는 것은, 자신을 개방하지 못하기 때문이다. 자신이 꿈꾸는 세상, 자신이 갈망하는 이상을 좇고 있기 때문이라는 것이다.

오늘은 코로나19 사태로 지난 2월 19일 중단되었던 성당 미사가 재개되고 첫 주일미사가 있었다. 오늘 10시 30분 미사에는 4구역과 6구역 중심으로 이루어졌으며, 100여 명이 참례했다.

미사 전 방역소독과 성전에 입장 시 발열 체크를 하고 자리배치도 수칙에 따라 평소 6인석을 3인석으로 하고, 앞뒤 간격도 한 칸 떼웠다. 특히 번호표를 나누어 주고, 바코드를 활용해서 좌석을 배정하는 등 철저한 수칙을 지키면서 미사를 진행했다.

미사 중에는 신부님과 독서자, 해설자만 소리 내어 말을 하도록 했고, 신자들은 마스크를 긴 채 몸과 마음으로 미사전례를 따랐다. 미사 전에 신부님께서 미사재개가 있기까지의 소회의 말씀이 있었다.

코로나바이러스 감염증 확산방지를 위해 동참해 준 데 대한 감사와 덕담이었다. 서두 말씀이 참으로 마음이 아프면서도 감명 깊게 가슴에 와닿았다. 전쟁으로 피난 갔다가 살아 돌아온 느낌이 든다는 말씀이었다.전쟁에서 살아 돌아왔다는 것은 승리했다는 의미가 아닌가 생각한다. 한편으로는 새로운 희망의 삶을 얻게 되었다고 할 수 있을 것이다. 어쨌든 함께 미사를 봉헌할 수 있게 된 것은 축복이고 감사할 일이다.특히 부활시기에 성당의 모든 행사가 중단되었기 때문에 합동 부활판공성사가 있기도 했다. 보속으로 성경읽기, 묵주기도, 선행, 평일미사 참례 중 하나를 실천하는 것으로 주어졌다. 그리고 코로나19가 더 이상 확산하지 않도록 교구장님이 생활 속 방역지침을 꼭 실천해 줄 것을 당부하셨다.

미사 후에는 점심을 먹고 코로나19 대응을 위해 출근을 했다.

최근에 태풍의 핵으로 나타난 이태원 클럽 확진자 발생에 따라 남구 거주자 중에 클럽 방문자 통보가 있어서 대응을 위한 특공작전을 펼쳤다.

20대 젊은 청년은 주소는 수성구로 되어있으나 실제 대명10동에 거주하는 것으로 확인이 되었으며, 5월 3일에 클럽에 갔던 것으로 밝혀졌다. 그리고 5월 4일부터 5월 7일까지는 북구 복현동에서 할머니가 운영하는 식당에서 일을 했고, 지금은 부산 진구의 한 모텔에 머물고 있는 것으로 확인이 되었다. 그래서 부산 진구 보건소에 연락하여 검체를 하고 검사를 받도록 했다. 그리고 대구로 이송하여 결과에 따라 조치하기로 하는 등 긴박하게 대책이 진행되었다.

마침내 부산 진구 보건소와 협의하여 검체를 하고, 사설 구급차를 통해 대구 대명10동에 있는 집으로 이송을 했다. 오전 11시경에 통보받아 소재파악과 검체검사, 이송은 오후 7시경에 종료되었다.

검사 결과는 늦은 시간에 나왔으며 결과는 음성이었다. 그렇지만 밀접접촉자로 분류되어 14일간 자가격리를 하게 되었다.

한편, 보도에 의하면 서울 이태원 클럽에서 발생한 집단감염 영향으로 10일 국내 신종코로나바이러스 감염증(코로나19) 확진자가 34명 증가한 것으로 전해졌다.

신규확진자 수가 30명대에 다시 진입한 건 4월 12일 32명 이후 28일 만이다. 신규확진자 34명 중 26명은 국내 지역감염, 나머지 8명은 해외유입사례다.

중앙방역대책본부(방대본)는 이날 0시 기준 코로나19 확진자가 전날 0시보다 34명 늘어 총 1만 874명으로 집계됐다고 발표했다.

신규확진자 수는 4월 9일 39명으로 30명대에 진입한 뒤 연일 감소세를 보였다. 4월 12일에는 32명을 기록했고, 다음 날인 13일에는 27명으로 떨어져 계속 30명 미만을 유지했다. 이날 집계된 34명은 하루 신규확진자 수로는 4월 9일 이후 한 달여 만에 최고치다.

신규확진자 34명 중 26명은 지역사회 감염 사례다. 초기 발병자로 추정되는 용인 66번 확진자(29세)가 서울 이태원 클럽을 방문하면서 벌어진 집단감염이 서울에서 제주까지 전국으로 퍼지는 모양새다.

지역별로 보면 서울 12명, 대구 2명, 인천 3명, 경기 6명, 충북 2명, 제주 1명으로 확인됐다.

해외유입 사례 8명 중 6명은 검역에서 확인됐고, 2명은 서울에서 보고됐다.

추가 사망자는 3일 연속 발생하지 않았다. 지난 7일 0시부터 이날 0시까지 총 사망자 수는 256명을 유지하고 있다. 평균 치명률은 2.35%다.

연령대별 치명률은 60대 2.73%, 70대 10.83%, 80세 이상 25.00% 등으로 고령일수록 가파르게 높아지는 경향을 보인다.

확진자는 여성이 6천444명(59.26%)으로 남성 4천430명(40.74%)보다 많다.

연령별로는 20대가 2천998명(27.57%)으로 가장 많고, 50대가 1천960명(18.02%)으로 그다음이다. 이어 40대 1천442명(13.26%), 60대 1천357명(12.48%), 30대 1천180명(10.85%) 순이다.

완치해 격리에서 해제된 확진자는 42명 늘어 9천610명이 됐다. 치료 중인 확진자는 1천8명으로 줄었다.지금까지 코로나19 진단검사를 받은 사람은 총 66만 3천886명이다. 이 중 64만 2천884명이 '음성'으로 확인됐다. 1만 128명은 검사 중이다.

중앙방역대책본부는 매일 오전 10시께 그날 0시 기준으로 코로나19 일별 환자 통계를 발표하고 있다. 오늘 5월 10일 남구 코로나19 상황은 신규확진자는 없었다. 확진자 누계는 1,361명 변함이 없다. 완치는 1,321명으로 완치율 97.1%다. 입원 및 시설 23명, 사망 17명이다.

검체는 82명으로 노인일자리 39명, 일반유증상, 격리해제, 시설입소 등 11명, 대구중학교 재확진자 접촉 32명이다.

그리고 신규 재양성은 없고 누계는 36명(3차 재확진 1)에 완치는 23명이다.

자가격리자는 총 3,885명으로 3,778명은 해제되고 107명이 자가격리 중이다. 이 중 해외입국자가 74명이다. 해외입국자 중 내국인 56명, 외국인 18명이다. 외국인 중 11명은 영남이공대 유학생이다.

〈 2020. 5. 10.(일) 흐림 〉

사랑으로 하는 일은 행복하다

4부

선별진료소 워킹스루 부스 2기 설치

서로 사랑하는 일은 서로 친구가 되는 것이다. 사랑은 한쪽이 다른 쪽을 향하여 건네는 선물이 아니라, 사랑이라는 자리에서 서로 한마음이 되는 것이다.

지금 이 자리에 함께 머물고 함께 살아가는 것이 사랑이 아닐까? 싫어도 미워도 함께 머무는 것, 그것이 믿는 이의 사랑이다.

오늘은 선별진료소에 새로운 변화가 있었다. 워킹스루 부스 2기를 설치했다.

제2 유행을 대비하는 차원에서 시에서 예산을 지원받아 설치한 것이다. 검체를 할 때 음압텐트에서 하지 않고 개방된 공간에서 환자와 의료진을 분리함으로써 의료진의 안전을 도모하고 검체의 효율성을 기할 수 있다는 것이 장점이다. 이번 코로나19 사태에서 우리 남구는 공간의 제약과 대량 진단검사를 위하여 의욕적으로 실시한 방문검체가 워킹스루에 이르기까지 되었다고 생각한다. 음압텐트가 아닌 개방적인 공간에서 검체를 해도 감염 노출이 되지 않았기 때문이다. 이러한 맥락에서 남구는 코로나19 대응에 따른 새로운 메뉴얼을 개발하는 데 표상이 되었다고 해도 과언이 아니다. 그리고 이에 따른 몽골텐트 2개를 설치하고 임대한 컨테이너 박스는 철수했다. 코로나19가 창궐할 당시는 겨울이었지만 이제 봄을 지나 여름에 이르고 있다. 그래서 대비 차원에서 선별진료소를 보완하게 된 것이다. 이러한 가운데 중대본 주관으로 선별진료소 운영에 따른 회의가 있었다. 회의에는 진양희 선별진료소 운영팀장이 참석했다. 회의 주요내용은 하절기 선별진료소 운영에 따른 것이었다. 우리 남구보건소는 경험을 바탕으로 중대본에 앞서 미리 대비하게 된 것이다. 일하는 과정에서 다소 의견 차이는 있었지만 코로나19 종식의 길로 가는 데는 하나가 되었다.

특히 신규직원(임슬기 간호 8급)이 보건소에 발령이 남으로써 새로운 활력을 불러일으키는 촉매가 되기도 했다. 부서는 건강증진과로 배치가 되었다.

오늘은 제2 유행과 하절기 선별진료소 운영에 따른 대비를 하면서 하루를 마무리했다.

퇴근 후에는 새마을 관계자와 코로나19를 비롯한 지역의 현실에 대한 소통의 시간을 가졌다. 분위기도 좋았고 뜻깊은 자리였다.

코로나19 상황은 전국적인 신규확진자는 29명 발생했다. 그래서 누적확진자는 10,991명으로 늘었다. 신규는 해외 3명, 지역 26명이다. 대구는 신규확진자는 발생하지 않았다. 누적확진자는 6,865명을 유지했다. 남구 역시 신규확진자가 발생하지 않아 누적확진자는 1,361명을 그대로 유지했다.

5월 14일 남구 코로나19 상황은 재양성 2명이 발생하여 완치는 1,319명(완치율 96.9%)으로 줄었다. 격리입원 25명, 사망 17명이다.

검체는 173명으로 노인일자리 136명, 이태원 관련 4명, 희귀질환 1명, 일반유증상, 격리해제, 시설입소 등 24명, 교직원 2명, 병원자체 4명(푸른 2 대명휴 2), 영남이공대 2명이다.

재양성 2명이 발생하여 재양성 누계는 47명(3차 재확진 1)이다. 재발 후 완치는 25명이다.

자가격리자는 총 3,920명으로 격리해제 3,818명이며, 102명이 격리 중에 있다. 이 중 해외입국자가 63명이다. 해외입국자는 내국인 51명, 외국인 12명이다. 외국인 중 이공대 학생이 3명이다.

〈 2020. 5. 14.(목) 맑음 〉

코로나19와 함께하는 여유

움직이지 않는 것은 죽은 것이다. 살아서 물살을 거슬러야 살아있는 것이다.

우리는 마지막 숨이 남아 있을 때까지 끊임없이 움직여야 한다. 중요한 것은 열정이다.

물이 흐르는 곳의 끝은 항상 되돌아올 수 없이 떨어지는 폭포가 기다린다는 것을 명심해야 한다. 폭포를 지나면 바다로 나아가 미아가 되어버려 더 이상 땅으로 되돌아올 수 없음도 생각해야 한다.

대개 세상은 고통이나 미움, 또는 환난과 다툼을 싫어하고 회피한다. 흔히 사람들은 더러는 웃고 즐겁고 행복하게 사는 것을 삶의 목표로 세우기도 한다. 그렇게 살아야 할 것이다. 슬프지 않고 기쁘게 살아야 한다. 기쁘고 행복하게 살고자 하는 열망 뒤에는 그만큼 슬프고 힘든 삶이 진하게 새겨져 있다는 것을 잊지 말아야 할 것이다. 중요한 것은 '남을 위할 줄 아는 생각' 을 가지는 것이다. 세상은 모든 것을 개인의 문제로 바꾸어 버린다.

 오늘은 다소 흐리고 무더운 날씨였지만 산책하기에 좋았다. 오전에는 집에 쉬면서 성찰의 시간을 가지고 지나간 드라마를 보면서 보냈다. 우리 농촌의 생활을 담은 전원일기를 보면서 소싯적 어려웠던 농촌 생활을 회상해 보기도 했다. 그 당시는 농촌이 싫고 가난한 생활에서 벗어나고 싶은 생각밖에 없었다. 그러나 지금은 그때 그 시절이 없었다면 현재의 내가 있을 수 있었을까 하고 생각할 여유를 갖게 해 주고 있다. 아름다운 추억이 되고 삶의 여유를 더 가질 수 있게 해 주고 있다는 것이다. 이렇게 오전은 지나갔다.

 텃밭에서 수확한 채소로 점심을 먹고 오후에는 시지 일주 산책을 했다. 오후 2시에 집을 나섰다. 초여름 날씨처럼 무더웠다. 경산 남천을 따라 잠시 걷자 벌써 이마에는 땀이 맺혔다. 강변이라 그늘이 없었다. 그렇지만 이따금 불어오는 강바람이 더위를 식혀 주었다. 그동안 부분적으로 걸었던 산책길을 오늘은 여유가 있어서 완주하기로 마음을 먹고 산책에 임했기 때문에 이마의 땀방울은 활력이 되었다.

 그리고 사방의 신록과 그 속에서 아름다운 멜로디와 함께 사랑놀이를 하는 새들이 발길을 더욱 경쾌하게 해 주기도 했다. 발길이 닿는 곳마다 녹색의 물결이 넘실거리고 곳곳에 피어 있는 찔레꽃을 비롯한 수많은 들꽃의 향기를 더해 주었다. 풍겨나는 그

육한 향기와 아름다운 풍광을 마음으로 느끼고 가슴 깊이 심었다.

오늘 산책한 코스는 사월동 끝에서 욱수천과 경산 남천이 교차하는 지점에서 출발하여 금호강을 거쳐 신매천, 매호천, 대림동, 대구미술관, 실내육상경기장, 월드컵경기장, 망월지, 욱수골 오부자 산소, 덕원고, 사월보성아파트로 이어지는 욱수천까지 일주 산책을 했다. 만보기에 기록된 거리는 16.6km 23,200보, 소요시간은 3시간 30분이었다. 이 코스를 수성구 시지 둘레길로 상품화하는 것도 좋지 않을까 하는 생각이 들었다.

가는 길목에는 맑은 물이 흐르고, 자연부락이 있고, 농촌의 정취를 느낄 수 있는 들길, 울창한 숲, 대구의 자랑 월드컵경기장과 실내육상 경기장, 대구미술관이 있는 등 걸으면서 정서순화는 물론 힐링을 할 수 있는 만큼 훌륭한 입지여건을 갖추고 있었다. 이처럼 오늘은 나만의 명품산책코스를 하나 발굴했다는 보람을 느낀 하루였다.

저녁에는 상쾌한 기분으로 우리 집에서 영천 처남 가족과 함께하는 뜻깊은 시간을 가지기도 했다.

특별한 상차림은 없었지만 내 마음의 명품힐링 공간인 화분텃밭에서 수확한 채소와 싱싱하고 맛난 홍게, 그리고 반주가 우리 가족들에게 행복을 듬뿍 담아 주었다. 한편 남은 채소는 적지만 나눔으로써 더욱 큰 행복을 누릴 수 있었다.코로나19 상황은 이태원 관련 확진 162명, 전국 신규 19명(해외 10, 지역 9), 누적확진자는 11,037명으로 늘었다. 대구도 1명이 발생하여 6,869명으로 늘었다.

남구는 신규확진자는 발생하지 않아 누계 1,361명을 유지했다. 안타깝게도 재확진 1명이 발생하여 완치는 1,318명(완치율 96.8%)으로 줄었다. 격리병원 입원 25명, 사망 1명이 발생하여 18명으로 늘었다. 검체는 79명으로 노인일자리 49명, 이태원 관련 8명, 해외입국 4명, 교직원 개학대비 1명, 일반유증상, 시설입소 등 7명, 자가격리 해제 6명(해외입국 6), 확진자 접촉 3명, 병원 1명이다. 재양성 1명이 발생하여 51명(3차 재확진 1)으로 늘었다. 완치는 25명이다. 자가격리자 격리는 총 3,943명으로 3,828명이 해제되고, 115명이 격리 중이다.

이 중 해외입국자가 75명이다. 해외입국자는 내국인 63명, 외국인 12명이다. 외국인 중 4명은 영남이공대 유학생이다.

〈 2020. 5. 16.(토) 흐림 〉

재양성자 격리치료 해제

죄가 무엇일까? 우리는 매일, 매 순간 죄를 업보業報처럼 껴안고 살아가고 있다. 죄는 사라질 대상이 아니라 우리 삶의 분신으로 평생토록 함께하는 것이다. 죄를 이겨내고 오롯이 선한 마음으로, 진리 안에서만 살아가는 것은 불가능한 일이다. 죄에 대한 인식을 새롭게 할 필요가 있다는 말이다.죄는 제거의 대상이 아니라 오히려 믿고 따를 수 있는 좋은 기회가 될 수 있다.

오늘은 여름의 문턱에서 다시 초봄으로 돌아가는 것처럼 날씨가 서늘했다. 업무적으로 그다지 바쁘지는 않았다. 그러나 코로나19 정국에 다소 변화가 있었다. 재양성자에 대한 관리지침이 5월 19일 0시부터 변경된 것이다. 그래서 재양성으로 병원에서 격리치료를 받던 환자들이 퇴원하고 재양성자 밀접접촉자로 자가격리 되었던 사람들도 격리해제가 되어 모두 일상으로 복귀하게 되었다.

한편 개학을 앞둔 학생을 비롯한 학원 종사자 등 다중시설의 정상 운영을 위한 전수 진단검사가 진행되고 있어 지역감염 확산으로 이어지지 않을까 하는 우려의 목소리도 있었다.어쨌든 코로나19 대응에 많은 사람이 관심을 기울이고 있고 안전에 대해서 인식변화가 있어 감염병에 대한 대책은 잘 이루어질 것이다.

코로나19 전국 상황은 신규확진자 13명(해외 4, 지역 9)이 발생하여 누적확진자는 11,078명으로 늘었다. 대구는 신규확진자가 없어 6,871명을 유지했다.

남구 상황은 신규확진자가 없어 누계 1,361명을 유지하고 있다. 완치는 1,336명으로 완치율 99.5%다. 격리병원 입원 7명, 사망 18명이다.검체는 54명으로 특수학교 3명, 희귀난치성 2명, 일반유증상 등 17명, 학원교습소 16명, 자가격리 해제 12명(해외입국 12), 병원자체 4명이다.

재양성자 51명(3차 재확진 1)은 재양성자에 대한 격리치료를 하지 않아도 된다는 발표를 함으로써 전원 격리해제가 되었다. 그리고 재양성으로 격리 중에 있던 우리 보건소 여동림 주무관도 오늘부터 정상 출근을 했다.

자가격리자는 전체 3,954명으로 3,875명은 해제되고, 79명이 격리 중이다. 이 중 해외입국자가 73명이다.

〈 2020. 5. 19.(화) 맑음 〉

콜센터 선별진료소 내 운영

우리는 저마다 자신의 생각에 따라 말하고 행동한다. 각자의 생각을 고쳐 하나의 사실과 정답을 추구하는 것이 아니라, 저마다의 생각을 제대로 정리하고 다듬는 것이 진리 안에 머무는 일이다. 진리는 다름의 자리에서 서로를 향한 열린 눈과 귀를 간직하는 데서 드러난다.

그래서 우리는 우리 각자의 생각을 가지런히 정리하고 다듬고 살펴보는 시간이 필요하다.

이제 코로나19는 종식에 이르고 있다. 재확진자에 대한 격리치료가 완전 해제됨에 따라 접촉자 자가격리 대상도 해외입국자를 제외하면 단수가 되었기 때문이다. 그래서 그동안의 대응상황을 되돌아보고 제2유행을 대비하는 여유가 생겼다.

선별진료소 운영에 따른 일부 변경이 있었다. 코로나19 진단검사 수는 줄어들고 있는 등 여건이 변화함에 따라 콜센터를 선별진료소 음압컨테이너에서 운영하기로 했다. 1일 2명씩 해서 현장에서 전화상담과 함께 예약접수 등 효율성을 기하고자 한 것이다.

코로나19 전국 상황은 신규 13명(해외 4 지역 9)이 발생하여 누적확진자는 11,078명으로 늘었다. 대구는 신규 발생이 없어 누계 6,871명을 그대로 유지하고 있다.

남구 상황은 신규확진자가 없어 누계 1,361명이 계속 이어지고 있다. 완치는 1,338명으로 완치율은 99.6%다. 격리입원 5명, 사망 18명이다.검체는 101명으로 이태원 관련 1명, 신규간병사 7명, 일반유증상 등 13명, 학원교습소 16명, 교직원 1명, 자가격리 해제 12명(해외입국 12), 확진접촉 4명, 기숙사 입소 47명(경북예고 47)이다.

자가격리자는 전체 3,957명으로 3,878명이 격리해제 되고, 79명이 격리 중이다. 이 중 해외입국자가 74명이다. 해외입국자는 내국인 61명, 외국인 13명이다. 외국인 중 5명은 영남이공대 유학생이다.

〈 2020. 5. 20.(수) 맑음 〉

대구 이태원 클럽발 신규확진자 발생

중간을 배제하는 관계는 오래가지 못한다. 임금이 한 신하를 불러 이상한 명령을 내렸다. "이 우물물을 길어 저기 밑 빠진 독에 가득히 채우시오." 밑 빠진 독에 물이 채워질 리가 없다. 그렇지만 충성스러운 신하는 오직 임금의 명령만 생각하면서 밤을 낮삼아 물을 길어 날랐다. 결국, 우물 바닥이 드러나고 말았다.

그런데 우물 바닥에 무엇인가 번쩍이는 것이 보였다. 그것은 엄청나게 큰 금덩어리였다. 신하는 임금 앞에 무릎을 꿇었다. "임금님, 용서하소서. 독에 물을 채우지 못했습니다. 그러나 우물 바닥에서 이 금덩이를 건졌나이다."라고 용서를 빌었다.

임금은 빙그레 웃으며 말씀하셨다. "밑 빠진 독에 물을 채우겠다고 우물이 바닥나도록 수고했구려. 그대는 참으로 충성스러운 신하요. 그 금덩이는 그렇게 순종하는 신하를 위해 준비된 것이라오." 임금이 한 명령을 수행하지 않는 상태에서 임금에게서 오는 기쁨을 얻을 수 있을까? 자신의 말을 잘 따라주는 이에게 복을 줄 것은 당연하다.

상대의 이름을 부르는 것은 그 상대를 나의 삶에 대하여 함께 고민하고, 삶을 나눌 친구이자 가족으로 여기는 초대라고 할 수 있다. 내 마음만이 중요한 것이 아니라 너의 마음 안에 함께할 내 마음이 가장 아름답고 고귀하다. 바로 이것이 이심전심이다.

오늘은 날씨가 맑고 쾌청해서 나들이하기에 좋은 날이었다. 5월은 계절의 여왕, 장미의 계절, 신록의 계절 등 여러 가지 의미가 있는 달이다. 그래서 결혼식을 비롯해서 많은 축제가 펼쳐지기도 한다. 올해는 코로나19로 그러한 분위기를 느낄 수 없다. 그러나 말없이 그 아름다운 계절은 우리 곁에 와 있다. 그리고 조용한 가운데 우리 생활 주변에 피어 있는 장미꽃과 싱그러운 자연을 감상했다.

오늘은 코로나19도 아랑곳하지 않고 이러한 계절에 걸맞게 결혼식이 많았던 하루였다. 친구들과 지인들의 결혼식이 네 건이나 있었다. 대구시 천상욱 딸, 윤명열 아들, 이미경 딸, 친구 안용호 아들 등이다. 그렇지만 코로나19로 한 곳도 참석하지 않고 마음만 전했다. 오늘은 이태원발 확진자가 대구에도 발생했기 때문이다.

코로나19 전국상황은 신규확진자 23명(해외 4, 지역 19)이 발생하여 누적확진자는 11,165명으로 늘었다. 대구도 신규 1명이 발생, 6,873명으로 늘었다. 또한 이태원발 확진자는 전일보다 9명이 늘어 216명이 되었다.

이태원발 확진자가 대구에도 발생함에 따라 토요일을 비롯한 공휴일에는 오전만 운영하기로 했던 선별진료소를 평일과 같이 오후 6시까지 운영하게 되었다. 그리고 대구 확진자가 다녀간 동성로에 접촉이 의심되는 사람에 대한 비상진단 검사를 실시하였다. 이날 우리 남구만 17명이나 검사를 받았다.

이렇듯이 코로나19가 종식되는가 싶었는데 이태원발 새로운 국면이 발생함에 따라 방역당국은 긴장의 끈을 잠시도 놓을 수 없는 형국이 되었다. 이에 따라 일선 보건소도 비상체제에 돌입하게 됨으로써 많은 직원들이 근무를 하였다. 늘 대비하는 마음으로 근무하기 때문에 우리 대구 남구 보건소는 4월부터 신규확진자는 발생하지 않고 있다.

우리 남구의 5월 23일 코로나19 상황은 신규확진자가 없어 누계는 1,361명을 계속 유지하고 있다. 이 중 완치 1,340명으로 완치율 99.8%다. 입원 3명, 사망 18명이다.

오늘 하루 진단검사를 받은 사람은 59명으로 노인일자리 11명, 장애인일자리 15명, 이태원 관련 17명, 신규간병사 1명, 일반유증상 등 7명, 교직원 1명, 해외입국 2명, 자가격리 해제 3명(해외입국 3), 확진접촉 2명이다.

그리고 자가격리자는 전체 3,985명으로 3,908명이 격리해제 되고, 77명이 격리중이다. 이 중 해외입국자가 69명이다. 해외입국자는 내국인 54명, 외국인 15명이다. 외국인 중 4명은 영남이공대 유학생이다.

저녁에는 화분 텃밭에서 수확한 채소로 가족과 삼겹살 파티를 했다. 오늘은 더욱 풍성했다. 깻잎이 오늘 첫 수확을 해서 식탁에 올려졌기 때문이다, 텃밭에는 언제 열렸는지 방울토마토가 마침내 열매가 달려 있었다. 열매가 갓 태어난 아기처럼 귀엽고 탐스럽게 느껴졌다. 벌써 군침이 돌기 시작했다. 이처럼 작지만 우리 가족이 함께 가꾼 화분 텃밭은 큰 행복을 선사해 주고 있다.

〈 2020. 5. 23.(토) 맑음 〉

동성로 확진자 관련 특별 관리

가치 있는 것들을 추구하다 보면 기쁘고 흥겨울 때도 있지만 힘겹고 고통스러울 때도 있다. 좋아서 하는 일은 누구나 쉽게 할 수 있을 테지만 힘겹고 고통스러운 일은 대부분 마다하고 회피하게 마련이다. 힘겹지만 사랑으로 하는 일은 행복하다.

오늘도 코로나19 상황은 전국 신규확진자 19명이 발생하였고, 대구에도 1명이 발생했다. 특히 이태원발 확진은 지역사회로 계속 확산되고 있어 방역당국을 당혹스럽게 하고 있다. 특히 학교 개학이 진행되고 있는 가운데 학생들이 확진됨으로써 학생들의 교육일정에 큰 차질이 우려되고 있다. 대구 수성구 소재 농업마이스터고에 이어서 오성고등학교에서도 확진자가 발생한 것이다. 우리 남구는 35일째 신규확진자는 발생하지 않고 있지만 늘 긴장의 끈을 놓을 수는 없다.

우리 남구는 신규확진자는 없었지만 동성로 확진자 밀접접촉자로 분류된 사람이 미결정이 나옴으로써 마음 졸이게 했다.

지난 일요일 검사자에 이어서 두 사람이나 미결정이 나온 것이다. 다행히 음성이 나왔다. 오늘까지 동성로 관련 밀접접촉자로 통보된 사람은 26명이다. 그리고 동선이 겹치는 사람 등 의심자로 검사를 받은 사람은 모두 45명이다. 이들 중 유증상 등 확실히 접촉한 것으로 판단된 7명은 자가격리, 무증상 단순 접촉의심 되는 12명은 능동감시로 관리하게 되었다.

코로나19와 전투가 끊이지 않고 있지만 오늘은 그래도 점심시간에는 일찍 식사를 하고 동네 골목을 산책하는 여유를 가졌다.

사방에 우거진 푸른 나무들, 그 속에서 사랑놀이하는 새들이 정겹고, 곳곳에 피어 있는 꽃들이 마음을 편안하게 해 주었다.

퇴근 후에는 생활 속 방역으로 되어있어 지인들과 조심스럽게 만남의 시간을 가졌다. 만나서 소통하는 가운데 하루의 피로가 확 가셔지기는 했지만 코로나19 확진자가 계속 발생하고 있어 마음은 편치 않았다.

코로나19 전국 상황은 신규확진자 19명(해외 3, 지역 16)이 발생하여 누적확진자는 11,225명으로 늘었다.

대구도 달서구에서 1명이 발생하여 6,875명으로 늘었다.

남구 5월 26일 현재 코로나19 상황은 확진자 누계 1,361명, 완치 1,340명(완치율 99.8%), 격리병원 입원 3명, 사망 18명이다.

검체는 총 183명으로 노인일자리 153명, 동성로 관련 1명, 일반 유증상 등 19명, 확진자 접촉 3명, 요양병원 종사자 2명, 자가격리 해제 1명(해외입국 1), 신규간병사 3명, 고3 개학 1명이다. 그리고 자가격리 중에 있는 사람은 77명으로 지역사회 확진자 접촉 등에 따른 격리 11명, 외국입국자 격리 66명이다.

또한 재확진이 현재까지 52명이다. 이 중 1명은 3차 재확진이 되기도 했다. 그렇지만 재확진은 감염력이 없다고 판단, 관리는 하지 않고 있다.

자가격리자는 전체 3,996명으로 3,919명이 해제되고 현재 77명은 격리 중에 있다.

이 중 해외입국자가 66명이다. 해외입국자는 내국인 52명, 외국인 14명이다. 외국인 중 3명은 영남이공대 유학생이다.

〈 2020. 5. 26.(화) 맑음 〉

101일 만에 남구 코로나19 확진자 제로 달성

"밀알 하나가 땅에 떨어져 죽으면 많은 열매를 맺는다." (요한12, 24)

사람은 보이는 대로 보지 않고 보고 싶은 대로 보려고 한다. 우리는 살고자 하는 길과 죽어 가는 길을 대척점에 놓고 늘 죽음을 회피하려고 한다.

서로 살려고 바둥대다 보면 서로를 죽이게 된다. 서로 움켜쥐려고 애쓰다 보면, 남의 떡이 더 커 보이고 미워 보이고 심지어 해치고 싶은 마음까지 가지게 될지 모른다. 밀알이 되어 죽어 가는 것이 오히려 우리를 살리는 일이라는 사실은 명확한 진리다. 남을 위하여 자신을 희생하면 세상의 삶은 더욱 풍요로워진다. 굳이 어려운 일을 찾기보다 지금 나의 자리에서 보이는 것을 있는 그대로 볼 줄 알아야 한다. 그런 여유 속에서 우리는 자기 자신이 세

위 놓은 탐욕을 없애고 다른 이와 함께 나눌 열매를 맺을 수 있다.

오늘도 코로나 신규확진자는 계속 발생하고 있다. 전국적으로 신규확진자 61명이 발생했다. 해외 3명, 지역이 58명이다.

지역별로는 서울 20명, 인천 18명, 경기 20명 등 모두 수도권에서 발생했다.

오늘은 코로나19에 대한 역사의 한 획을 긋는 날이었다. 지난 2월 18일 대구(31번) 첫 확진자 발생과 더불어 코로나19의 역사적 현장으로 부상한 대구 남구에서 1,361명의 확진자가 발생했다.

마침내 남구는 확진자 1,361명을 정점으로 38일간 신규확진자가 발생하고 있지 않았으며, 그동안 병원 및 시설입소 등을 통해 격리치료를 받아오던 사람들이 전원 완치판정을 받음으로써 확진자가 한 명도 없는 가장 청정한 지역으로 되었다. 첫 확진자 발생 이후 101일 만이다.

한편 마지막까지 치료를 받은 환자는 25세 여성으로 3월 21일 확진이 되어 5월 29일 퇴원하게 됨으로써 69일간 치료를 받았다. 따라서 사망 18명을 제외한 1,343명 전원이 완치되어 일상생활로 복귀하게 된 것이다.

이날 확진자 제로가 됨에 따라 이성은 전문관을 비롯한 전직원들은 기쁨의 함성과 함께 만세를 부르기도 했다.

오늘 5월 29일 남구 코로나19 상황은 총 확진자 누계 1,361명(100%), 완치 1,343명(98.7%), 사망 18명(1.3%)으로 코로나19 확진자 없는 남구가 되었다.검체는 293명으로 노인일자리 206명, 일반유증상 등 19명, 학원교습소 2명, 확진자 접촉 4명, 해외입국 2명, 요양병원 입원 3명, 자가격리 해제 11명(해외입국 11), 신규간병사 7명, 사업체 조사 31명, 자활센터 8명이다. 자가격리자는 4,010명으로 3,930명이 격리해제 되고 80명이 격리 중에 있다. 이 중 해외입국자가 71명이다. 해외입국자는 내국인 54명, 외국인 17명이다. 외국인 중 3명은 영남이공대 유학생이다.

〈 2020. 5. 29.(금) 맑음 〉

코로나 의심 변사체 발생

사랑을 지속하려면 의지를 주는 제삼자가 필요하다.

억만장자의 아들로 태어난 윌리엄 보드는 그가 죽은 후 세 문장을 남겼다.

"남김없이"(No Reserves)
"후퇴 없이"(No Retreats)
"후회 없이"(No Regrets)

사랑은 분명 단순한 감정이나 상대가 나를 대하는 태도에 달려 있지만은 않을 것이다. 상대에 대한 관심표현이다. 관심을 상대에게 두기보다는, 상대가 어떠한 상태더라도 참고 사랑할 수 있도록 자신을 다잡아야 한다.

오늘은 다소 덥다는 느낌은 들었지만 나들이하기 좋은 날씨였다. 그렇지만 오늘도 어김없이 다중시설 이용을 자제하라는 안전안내 문자메시지가 날아왔다. 그래서 친구 딸 결혼식에는 마음만 전했다. 그리고 집에서 여유를 즐겼다. 아침에는 기도와 묵상으로 성찰을 하고, 나의 보물이자 마음의 평화와 안식을 가져다주는 화분 텃밭에 물을 주고 잡초를 뽑으면서 사랑에 대한 의미를 생각해 보았다. 화분 텃밭은 말 그대로 화분을 모아 만든 텃밭이다. 아파트 정원의 여유 공간을 이용해서 조성했다. 직접 보지 못한 사람은 어떻게 만들어졌는지 상상을 하지 못할 것이다. 화분 수만큼 다양한 농작물이 심겨져있다. 우리 네 가족이 넉넉하게 먹을 수 있는 상추, 케일, 쑥갓 등 여러가지 야채들이 늘 식탁에 올려지고 있다.

이제 머지않아 오이와 고추도 추가될 것이다. 또한 간식으로 싱그러운 방울토마토도 제공될 것이다. 처음 심었을 때 잘 적응을 못 해 고사 직전에 이르렀던 오이가 차츰 회복하여 마침내 꽃을 피우고 열매를 맺었다. 고추도 꽃이 피고 열매를 맺기 시작했다. 일주일 전에 한 포기에서 열매가 달렸던 방울토마토는 어느 순간 네 포기 모두 열매를 맺었다.

벌써 식탁이 더 풍성해지고 상큼한 토마토 맛에 군침이 돈다. 한편 오늘 텃밭을 돌보면서 아침저녁으로 물을 주었지만 화분의 위치에 따라 많은 차이가 있다는 것을 알 수 있었다. 바로 곁에서 물을 받아들이는 것과 멀리서 받아들이는 것이 생육상태가 현저하게 차이가 났다. 한쪽은 싱싱하고 한쪽은 시들어가고 있었다.

늘 같이 물을 주고 관심을 가지고 가꾸지만 보이지 않는 가운데 차별을 받고 있었던 것이다. 그래서 오늘부터 골고루 수혜를 받을 수 있도록 물 주는 위치를 바꾸게 되었다. 이렇듯이 우리 사회도 모르는 가운데 소외를 느끼는 사람들이 많이 있을 것이다. 오늘 작은 화분 텃밭을 통하여 누구에게나 동등한 사랑이 전해질 수 있도록 거시적인 안목으로 국가가 운영되었으면 하는 교훈을 깨닫게 되었다. 작은 일에도 소홀하지 않고 사랑을 실천하는 생활습관이 세상을 건강하고 튼튼하게 할 것이다.

오후에는 동창 딸 결혼식에 대표로 다녀 온 송숙, 근화 친구랑 커피를 마시고 옛날 추억담을 나누는 시간을 가졌다. 그리고 모처럼 오늘은 욱수골 약수터로 산행을 했다. 마스크를 하고 산행을 해서 숨이 차기도 했지만 잠시 마스크를 벗고 맑은 공기를 마시기도 했다. 숲이 울창하고 맑은 공기를 마시니 한층 몸과 마음이 상쾌하고 평화로웠다. 산책을 마치고 이발을 하고 몸단장을 했다. 오늘은 집에서 쉬면서 소소한 행복을 듬뿍 담는 뜻깊은 하루를 보냈다.

오늘 코로나 상황은 전국 신규확진 39명(해외 12, 지역 27)이 발생하여 누계 11,441명으로 늘어났다. 이태원발 확진 269명, 쿠팡이 106명으로 늘어 방역당국을 더욱 긴장하게 했다.

대구도 신규확진자 2명(해외 1, 지역 1)이 발생하여 누계 6,882명으로 늘어났다.

우리 남구는 계속 제로 행진을 달리고 있고, 확진 1,361명으로 종지부를 찍고 어제부터 확진자 없는 청정지역을 지키고 있다.

오늘은 검체도 25명에 그쳤다. 한편, 자살 변사체를 체검하는 일이 발생하여 의료진을 당황케 했다. 그러나 의연하게 대처해 준 의사선생님과 팀장이 감사하고 자랑스러울 뿐이다.

〈 2020. 5. 30.(토) 맑음 〉

코로나19 종식을 향해 가는 길목

"너희가 누구의 죄든지 용서해 주면 그가 용서를 받을 것이고, 그대로 두면 그대로 남아 있을 것이다."(요한20, 23)

우리 인간에게는 태어나면서부터 교만, 욕심, 미움, 게으름이 늘 붙어 다닌다.

새로운 다름을 향한 설레는 탐험의 여정은 세상의 다양한 삶을 느끼고 체험하며 다채로운 세상의 아름다움에 흠뻑 취하는 일이다.

코로나19 전국 상황은 신규확진자 27명(해외 12, 지역 15)이 발생하여 누계 11,468명으로 늘었다. 대구도 신규확진자 1명(해외 1)이 발생하여 6,883명으로 늘었다.

오늘도 주일이지만 성당에 가지 않았다. 스스로 거리두기를 실천한 것이다.

집에서 영상을 통하여 혼자서 한 주를 성찰하면서 미사에 참례했다. 내일이면 6월이다. 본격적인 여름 날씨가 시작된다. 더워지면 신종코로나바이러스 감염증도 종식될 것이라는 예측이 있었던 만큼 미사 중에 신규확진자가 더 이상 발생하지 않고 일상으로 돌아갈 수 있기를 바라는 간절한 기도를 했다.

집에서 쉬면서 내 벗이자 놀이터인 화분 텃밭을 정리하고 새로운 모종을 심었다. 이를 위해 호미도 하나 장만했다. 이제 농기구는 소형삽, 꽃삽, 낫, 호미 해서 네 종으로 늘었다. 그리고 고추 지지대도 세우고, 여름 대표 채소인 상추 종류도 늘리고 수량도 더 심었다. 그러나 봄철에 입맛을 돋우어 주었던 돌나무는 모두 갈아엎었다. 이 자리에 상추를 심은 것이다. 머지않아 더 풍성한 푸성귀를 즐길 수 있게 되었다. 땀을 흘리면서 화분 텃밭을 가꾸는 이 순간이 정말 행복했고 큰 보람이었다.

오후에는 잠시 사무실에 들러서 코로나19 상황을 챙겼다. 선별진료소는 비교적 조용했다. 평일에 대상자들이 진단검사를 많이 받았기 때문이다. 감염 노출이 큰 분야에 대한 검사가 막바지에 이르렀고, 더 이상 신규확진자가 발생하지 않으면 모든 것이 제자리로 돌려져야 하지 않을까 생각한다. 그러나 예방에 따른 생활수칙은 철저히 준수해야 할 것이다. 오늘은 특별한 상황은 없었다. 검체는 38명으로 마무리를 했다. 확진자는 1,361명에서 멈추었고, 자가격리도 해외입국자를 제외하고는 종착을 향해 가고 있다.

오늘 5월 31일 남구 코로나19 상황은 확진자 누계 1,361명 (100%)을 계속 유지하고 있다. 완치 1,343명(완치율 98.7%), 사망 18명(1.3%)이다.

검체는 38명으로 일반유증상 4명, 해외입국 4명, 자가격리 해제 10명(해외입국 2, 이태원 8), 기숙사 입소 20명(경북예고 20)이다.

자가격리자는 4,029명으로 3,949명이 해제되고, 80명은 격리 중에 있다. 이 중 해외입국자가 71명이다. 해외입국자는 내국인 52명, 외국인 19명이다. 외국인 중 3명은 영남이공대 유학생이다.

〈 2020. 5. 31.(일) 맑음 〉

자가격리 위반자 고발에 따른 민원 발생

영어로 '이해하다'(understand)는 말은, '밑에'(under)라는 말과 '서 있다'(stand)가 합쳐진 것이다. 곧 누군가를 이해하려면, 그 사람 밑에 서 있어야 한다는 것이다. 즉 누구를 섬긴다는 것은 그 사람의 밑에서 깊이 이해를 해야 한다는 것이다.

오늘은 유월의 첫날이자 한 주를 시작하는 월요일이다. 날씨도 여름이 성큼 다가왔음을 피부로 느낄 수 있었다. 주초고 월초지만 비교적 조용한 하루였다.

그러나 깊이 생각할 수 있는 일이 있었다. 자가격리 위반에 따른 민원이다. 이 사건은 4월 초에 발생한 것이다. 국내 코로나19 사태는 안정국면에 접어들고 있는 가운데 유럽 및 미국발 등 해외 코로나19가 창궐함으로써 해외입국자에 대한 검역이 강화되고 있는 시점에 발생한 사건이다. 미국에서 입국하여 자가격리

통지서가 발부된 상태에서 지침에 따라 진단검사를 받고 음성판정을 받는 등 성실하게 규정을 준수했다. 그러던 중 4 · 15총선 사전투표 시기에 주권을 행사한다는 마음으로 방역지침에 따르지 않고 가족과 함께 투표소를 방문하여 투표를 한 것이다. 그리고 자발적으로 규정을 어겼다고 신고를 했다. 중앙방역당국 입장에서 무관용 원칙을 천명한 상황이었기 때문에 일선 방역기관에서는 법적 대응을 거치지 않을 수 없는 입장이었다. 그래서 당사자의 진술을 받는 등 법적 조치를 해 놓은 상태이다. 그런데 법적 조치가 부당하다고 취하 요구는 물론 코로나19와 무관한 정보공개청구와 더불어 관계 공무원 고발까지 운운하면서 오늘 재난안전대책본부장인 구청장 면담까지 했다. 자신의 딸에게 죄인이라는 오점을 남길 수 없기 때문에 무조건 취하를 해 달라고 요구를 했다. 과연 부모로서 자녀가 법을 위반한 사실을 덮으려고 수단과 방법을 가리지 않는 행태가 자식을 위한 올바른 처사인지?

과연 당사자인 딸은 아버지의 이런 모습을 보고 어떤 생각을 하고 있을지?

지난 4월 21일에 한 번 만나서 인간적으로 소통을 했다. 그때는 동정이 갔다.

그래서 어떠한 방법으로든지 잘 해결될 수 있는 길을 찾으려고 노력을 했다. 특히 남구 재난안전대책본부 통제관인 이진숙 국장 면담을 하고 남구 통제관입장에서 탄원서까지 써 주었다. 그때까지는 고맙다고 입이 닳도록 인사를 했다. 그러나 자기가 원하는 결과에 이르지 못하기 때문에 가진 방법을 다 하고 있는 형국이다.

　또한 보건소장 면담을 통한 취하요구, 정보공개 청구, 지인들을 통해 압력을 가하고 오늘 구청장 면담에 이르게 된 것이다. 이제 결론은 최후의 법적 심판을 받는 길밖에 없다.

　코로나19 전국 상황은 신규확진자 35명(해외 5, 지역 30)이 발생하여 누적확진자는 11,503명으로 늘었다. 대구도 신규 1명(달서구 과학고교사)이 나와 누계는 6,884명으로 늘어났다.

　남구는 신규확진자 없이 확진자 누계 1,361명으로 변동이 없다. 검체는 195명으로 노인일자리 4명, 일반유증상 38명, 자가격리 해제 2명(해외입국 1, 이태원 1), 신규간병사 2명, 기숙사 입소 146명, 자활센터 2명, 사업체조사 1명이다.

　자가격리자는 4,031명으로 3,963명이 격리해제 되고, 76명은 격리 중에 있다. 이 중 해외입국자가 68명이다. 해외입국자는 내국인 49명, 외국인 19명이다. 외국인 중 3명은 영남이공대 유학생이다.

〈 2020. 6. 1.(월) 맑음 〉

경상중학교 코로나19 대응 모의훈련

이 세상 모든 것은 하느님의 것이다. 우리가 현재 사용하고 누리는 모든 것은 내 것처럼 보이지만 사실은 하느님의 것이다. 우리는 그분의 뜻에 따라 움직이고 결국 그분께 다시 돌아가게 된다. 그러기에 소유에 대한 욕심을 버리고 먼저 감사하는 마음을 가져야 한다.

오늘은 본격적인 여름이 왔다는 것을 느낄 수 있을 만큼 시원한 것이 그리운 날씨였다. 언제 이렇게 세월이 흘렀는지 시간의 덧없음이 느껴졌다. 코로나19 속에 화창한 봄날도 계절의 여왕이라는 5월의 신록의 아름다움도 모두 자연의 섭리에 따라 가버렸다. 그렇지만 새로운 정열의 계절 여름을 맞이할 수 있음에 감사할 따름이다. 이 정열의 계절에 코로나19도 완전 종식이 될 것이다.

오늘은 아침부터 분주하게 보냈다. 의회 제261회 제1차 정례회 개회식이 있었고 오후에는 경상중학교에서 코로나19 대응 모의훈련이 있었기 때문이다. 시간이 지나면서 모든 일이 순조롭게 진행되었다.

의회 개회식에서는 홍대환 의장의 개회사와 동료간부들과 소통을 통하여 코로나19 속에서 지금까지 흘러온 순간들을 반추해 볼 수 있었다.

그리고 경상중학교에서 개최한 코로나19 대응 모의훈련에서는 대구시와 대구시 교육청, 우리 남구 보건소, 중부소방서 등 실제 사태가 발생했을 때 유기적인 관계가 이루어져야 하는 기관이 함께함으로써 현장감 있는 뜻깊은 자리가 되었다.

이 자리에는 강은희 대구시 교육감, 배지숙 대구시의회 의장, 조재구 남구청장, 중부소방서장을 비롯한 관계자, 학부모 등 많은 사람이 참석했고 각 언론사에서는 취재 열기가 뜨거웠다.

오늘 훈련 포인트는 학교 내에서 확진자가 발생하고 그에 따른 접촉자 분류, 감염확산 방지를 위한 각 기관에 대한 역할 시연으로 이루어졌다. 우리 보건소에서는 선별진료소 운영과 방역소독에 대해서 직접시연을 했다. 훈련은 아주 의미가 있었고 성공적이었다는 평가를 받았다.

훈련 후에는 코로나19 종식과 제2유행을 대비하는 마음으로 협력과 소통을 위한 굳건한 의지를 다지기도 했다.

코로나19 전국 상황은 신규확진자 38명(해외 2, 지역 36)이 발생하여 누적확진자는 11,541명으로 늘었다. 대구는 신규확진자가 없어 누계 6,884명을 유지했다.

오늘 6월 2일 코로나19 남구 상황은 확진자 누계 1,361명을 그대로 유지하고 있다. 검체는 38명으로 해외입국 1명, 요양병원 입원 등 5명, 자가격리 해제 6명(해외입국 5, 이태원 1), 학교 모의훈련 3명, 일반유증상 23명이다.

자가격리자는 총 4,036명으로 3,962명이 격리해제 되고, 74명이 격리 중에 있다. 이 중 해외입국자가 71명이다. 해외입국자는 내국인 51명, 외국인 20명이다. 외국인 중 2명은 영남이공대 유학생이다.

〈 2020. 6. 2.(화) 맑음 〉

미사참례를 통한 생활 속 방역체험

에리히 프롬은 사랑은 본디 소유하는 것이 아니라 존재하는 것이기 때문에 서로의 존재를 침해하지 않는다고 했다.

진정으로 사랑하는 이는 상대방을 자기 방식대로 끌어들이지 않고, 상대방의 존재 방식을 있는 그대로 잘 간직하도록 애써 준다.

번지점프를 즐기는 사람들이 있다. 혹은 위험한 외줄 타기나 암벽등반을 즐기는 사람들도 있다. 사람들은 왜 그런 위험한 스포츠를 즐길까?

그 이유는 죽음 가장 가까이에 있을 때 가장 살아있음을 느끼기 때문이다.안전한 곳에서는 살아있음도 느끼기 어렵다.

이는 삶과 죽음이 세트 상품이기에 그렇다.

삶과 죽음은 한 세트이기 때문에 하나가 커지면 다른 것도 커지게 된다.

인간관계도 마찬가지다. 가장 재미없는 관계가 뜨겁지도, 차갑지도 않은 관계다.

그 안에서는 친밀함이나 진정한 사랑을 찾아볼 수 없다. 행복은 친밀한 관계에서 온다. 그런데 관계가 친밀하고 사랑을 느끼려면 그만큼 멀어지는 고통도 감수할 용기를 내야 한다.

오늘도 무더운 여름 날씨였다. 오전에는 성찰과 묵상, 그리고 생활 속 방역체험을 한다는 마음으로 성당 교중미사에 참례했다. 미사에는 100여 명이 참석했고 좌석 실명제와 거리두기, 손 소독, 마스크 착용 등 방역대책을 철저히 이행하는 가운데 이루어졌다. 오늘 미사는 삼위일체 대축일로 그 의미를 새기게 되었다.

위격과 본성은 깨달음에 따른 것이다. 본성은 같지만 위격은 각기 다르다. 즉, 가족은 각자 다르지만 사랑으로 일치를 이루고 있다는 측면에서는 같다는 것이다. 처음부터 예수님을 하느님으로 믿지 않았다. 지도자, 스승 정도로 믿었다. 그러나 복기를 해서 살펴보니 예수님의 모든 행위가 하느님으로부터 나왔다는 것을 알 수 있었다. 사랑하는 방법은 다르지만 사랑하는 마음은 일치한다는 것이다.

오후에는 동네 남천, 백천, 성암산 자락, 욱수천을 거쳐 집까지 일주 산책을 했다. 오늘 총연장은 11km로 16,000여 보 2시간여가 소요되었다. 온몸이 땀으로 흠뻑 젖었지만 몸과 마음은 한결 가볍고 평안했다. '누죽걸산'을 실감할 수 있었다.

코로나19 전국 상황은 신규확진자 57명(해외 4, 지역 53)이 발생하여 누적확진자는 11,776명으로 늘었다. 대구도 수성구 학원강사 1명이 확진판정을 받음으로써 누계 6,887명으로 늘어났다.

오늘 6월 7일 코로나19 남구 상황은 신규확진자 0명, 확진자 누계 1,361명(100%), 완치 1,343명(완치율 98.7%), 사망 18명(1.3%)으로 변동이 없다.

검체는 9명으로 일반유증상 5명, 자가격리 해제 4명(해외입국 4)이다.

자가격리자는 4,058명으로 3,995명이 해제되고, 65명이 격리 중이다. 이 중 해외입국자가 63명이다. 해외입국자는 내국인 49명, 외국인 14명이다.

〈 2020. 6. 7.(일) 맑음 〉

자가격리 위반 고발취하 부적절 통보

도로 규칙은 사람들의 안전을 지켜 준다. 그리고 그 규칙 자체는 누구에게나 공평하다. 법 앞에 모두가 평등하니 힘이 있는 사람이라도 그것을 지켜야만 하고, 힘이 없는 사람도 당당하게 운전을 할 수 있다.

우리가 만든 사회적 규범도 우리를 옭아매는 덫이 아니라 온전하고 자유롭게 살아가는 것을 도와주는 징검다리로 삼아야 한다. 그리고 누구에게나 공평하게 운용이 되도록 해야 할 것이다.

오늘도 아침부터 무더웠다. 아침부터 확대간부회의와 의회행정사무감사로 분주하게 보냈다.

확대간부회의에서는 부서별로 현안업무를 비롯한 부서 간 공유와 협조사항에 대한 보고가 있었다. 코로나19가 안정기에 접어들게 됨에 따라 일상업무로 돌아가고 있다는 것을 실감할 수 있었다.

행정사무감사는 무사히 마무리했다. 보건소 업무를 처음 접했기 때문에 배우는 마음으로 준비를 했다. 그리고 배운 것에 대한 시험을 치른다는 마음으로 감사에 임했다. 권은정 도시복지 위원장님, 최영희 부위원장님, 이정숙 위원님들께서는 격려와 함께 건설적인 제언을 아끼지 않으셨다.

건설적인 제언과 격려에 대해서는 감사하는 마음으로 받아들이고 주민들을 위해 어떠한 보건행정을 펼쳐나가야 할 것인지에 대한 새로운 방향을 생각해 보는 뜻깊은 행정사무감사였다. 특히 이번 행정사무감사는 공직생활에서 마지막이기 때문에 개인적으로 잊지 못할 추억이 될 것이다. 이러한 맥락에서 나름대로 최선을 다해서 성실히 임했다.

권*진 자가격리 위반 고발건 취하에 대한 고문변호사의 검토결과가 나왔다. 고발한 관청에서 취하는 바람직하지 않다는 내용의 회신이었다. 법적절차에 따라 선처를 받을 수 있도록 해야 한다는 것이다.

여러 정황상 설득력이 있는 만큼 학생의 장래를 위해서 어떠한 대응이 필요할지 고민이다. 아무튼, 일이 순조롭게 잘 해결될 수 있도록 함께 지혜를 모았으면 하는 바람을 가져본다.

이렇게 분주한 하루를 보내고 가족이 있는 집으로 왔다. 집 안으로 들어오기 전에 늘 그랬듯이 아파트 정원에 정성스럽게 마련한 화분 텃밭을 둘러보았다.

언제 자랐는지 일찍 달린 고추와 오이는 곧 식탁에 오를 만큼 홀쩍 자라 있었다.

그리고 방울토마토는 벌써 익어가고 있었다. 상추와 케일, 쑥갓은 이미 잘 자라서 식탁에 올려지고 있다. 오늘도 수확하면서 도시 농부라도 된 것처럼 풍요를 한껏 즐기기도 했다.

수확한 채소를 밥반찬으로 해서 가족과 저녁을 먹고 반주도 했다. 그리고 어제 대구MBC에서 취재해 간 남구보건소 코로나19 대응관련 보도방송을 시청했다. 3분간 방영이 되었고, 코로나19 처음과 그때의 상황들이 주마등처럼 지나갔다.

코로나19 전국 상황은 신규확진자 50명(해외 7, 지역 43)이 발행하여 누적확진자는 11,902명으로 늘어났다. 대구는 신규확진자가 없어 누계 6,887명을 유지했다.

오늘 6월 10일 코로나19 남구 상황은 신규확진자 0, 확진자 누계1,361명(100%), 완치 1,343명(완치율 98.7%), 사망 18명(1.3%)으로 변동이 없다.검체 46명으로 일반유증상 19명, 자가격리 해제 6명(해외입국 5, 일반 1), 해외입국 1명, 시설신규종사자 2명, 신규입원환자 1명, 자활센터 16명, 아동전문기관 1명 등이다.

자가격리자는 총 4,064명으로 4,007명이 해제되고 57명은 격리 중이다. 이 중 해외입국자가 54명이다. 해외입국자는 내국인 44명, 외국인 10명이다.

〈 2020. 6. 10.(수) 낮 맑고 밤늦게 비 〉

코로나19 극복 희망의 화분 배달

음욕을 품고 바라보는 것은 그 사람의 외적인 매력에만 시선을 두는 것이다. 그러나 사랑을 품고 바라보는 것은 그 사람의 마음에 담겨 있는 고민, 어려움, 슬픔, 아픔, 어둠에도 시선을 두는 것이다. 음욕을 품고 바라보는 것은 그 사람을 소유하고자 하는 욕심에서 비롯된 것이지만, 사랑을 품고 바라보는 것은 그 사람이 더욱 그 사람답게 살 수 있기를 바라는 마음에서 비롯된 것이다.

음욕을 품고 바라보는 것은 그 사람의 일부만을 받아들이는 태도이지만, 사랑을 품고 바라보는 것은 그 사람의 모든 것을 받아들이는 태도이다. 음욕을 품고 누군가를 바라본다면 그 사람을 온전히 사랑할 수 없다. 그러나 사랑을 품고 바라보면 그를 향한 음욕이 그의 삶을 무너지게 할 수 있음을 깨닫게 된다.

오늘은 흐리고 날씨가 많이 습하고 후덥지근했다. 불쾌지수가 높은 날이었다. 그렇지만 오늘은 비우고 모든 것을 받아들인다는 마음으로 밝게 하루를 보냈다. 그동안 무언가 모르게 갈등을 야기했던 것들을 말끔히 씻어 버렸기 때문이다.

이러한 내 마음을 헤아린 듯 '희망브릿지 전국구호협회'에서 희망을 전하는 대형 화분 네 개가 배달되었다. 사무실 로비에 비치했다. 앞으로 우리 보건소에 새로운 활력과 희망을 불러일으켜 줄 것이다.

오늘은 남구 의회가 전반기를 마무리하는 제1차 정례회 마지막 본회의가 있었다.이날 본회의에 앞서 세 분 의원의 5분 자유발언이 있었다. 정연우 의원, 권은정 의원, 최영희 의원 세 사람이다.

정연우 의원은 행정사무감사에 대한 소회로 집행부에서 구입하고 설치한 장비들이 효율적으로 활용되지 못하고 있고, 시설을 설치할 당시 좀 더 신중할 필요가 있다는 지적과 함께 건설적인 제안을 해 주셨다. 지적한 시설과 장비는 회의실에 설치한 영상물, 대덕문화전당 전기가마, 구청 내 흡연부스 등이다.

권은정 의원은 과도한 설계변경과 환경개선에 대한 문제점을 지적하고 각종 시설물을 설치하고 주요사업을 추진할 때는 전문가의 충분한 의견 수렴과 함께 의회와 소통해 줄 것을 요구했다.

최영희 의원은 이·미용 경로우대 업소운영에 대한 문제점을 지적하고 알차게 운영될 수 있도록 지도점검을 강화해 줄 것을 당부했다.

코로나19 전국 상황은 신규확진자 56명(해외 13, 지역 43)이 발생하여 누적확진자는 12,003명으로 늘었다. 대구도 5일 만에 북구

교동중학교에서 신규확진자 1명이 발생하여 누계 6,888명으로 늘었다.

오늘 6월 12일 코로나19 남구 상황은 신규확진자 0, 확진자 누계1,361명(100%), 완치 1,343명(완치율 98.7%), 사망 18명(1.3%)이다. 검체 53명으로 일반유증상 18명, 자가격리 해제 11명(해외입국 11), 신규간병사 1명, 신규입원환자 1명, 자활센터 1명, 산모도우미 1명, 요양보호사 1명, 시설 종사자 1명, 아동안전지킴이 18명 등이다. 자가격리자는 총 4,071명으로 4,016명이 해제되고, 55명은 격리 중이다. 이 중 해외입국자가 53명이다. 해외입국자는 내국인 43명, 외국인 10명이다.

〈 2020. 6. 12.(금) 흐리고 오후 늦게 비 〉

올해 첫 시외 나들이

우리는 보잘것없는 피조물일 뿐이다. 우리가 해야 할 일은 우리의 나약함을 인정하고, 순명하는 마음가짐이다.

오늘은 올해 들어 처음으로 대구를 벗어났다. 고등학교 동창모임인 상지회모임이 강릉에서 있었기 때문이다.

이른 아침에 약간의 비가 내렸지만 차츰 개기 시작했다. 집을 나설 때는 비는 그쳤고 구름도 걷히기 시작했다.

아침 5시 50분에 일어났다. 평일처럼 기도와 묵상을 하고 여행 채비를 챙겼다. 그리고 7시 15분에 집을 나섰다. 오늘은 아들과 딸 남친이 공무원 시험을 치르는 날이다. 반면에 딸은 시험감독관으로 차출되어 경주로 갔다. 나는 친구들과의 여행을 위하여 강릉으로 간다. 결국 마누라만 집지킴이로 남았다. 이렇게 우리는 각자의 일을 위하여 분주한 아침을 맞이했다. 어떻게 보면 이러한 삶이 일상이라 할 수 있다. 그렇지만 매일의 삶에 의미를 두고 맞이하면 더 가치 있는 삶이 되지 않을까 생각한다. 딸이 시험 치러 갈 때도 나는 우남회 친구들과 구룡포로 여행을 갔다. '우남회'는 남구청 61년생 소띠 모임이다. 그때 딸은 합격을 해서 지금은 경상북도 보건환경연구원에서 환경연구사로 소임을 다하고 있어 자랑스럽다. 오늘도 나는 여행을 가지만 아들은 시험장에서 그동안 공부했던 것에 대한 결실을 거두는 날이다. 준비한 대로 결과가 잘 나올 수 있길 기대한다. 더불어 딸 남친도 좋은 결과가 있었으면 하는 바람을 가지면서 강릉 여행길에 올랐다.

오전 8시 35분에 강릉행 시외버스를 탔다. 도착시간이 명시되어 있지 않아서 기사님께 여쭈었다. 오후 3시경에 도착할 것이라고 했다. 포항 등 7개 지역을 경유해야 하기 때문에 정확한 도착시간을 알 수 없다는 것이다. 친구들 만나는 시간은 오후 1시였다. 제시간에 갈 수 없지만, 사방의 풍광을 즐기면서 여유롭게 여행을 즐겼다. 차에는 기사를 포함해서 5명이 탑승했다. 45인승 차에 단 5명이다. 이는 코로나19에 따른 영향일 것이다. 어쨌든 버스는 강릉을 향해 쌩쌩 달렸다.

9시 43분 포항에 진입했다. 포항까지는 대포 고속도로를 통해 이동했다. 포항 날씨도 다소 구름은 끼었지만 대체로 맑았다.

포항터미널에서 2명의 승객이 내리고 12명이 탑승했다. 9시 52분에 도착해서 10시 20분에 출발했다. 포항에서 다음 경유지는 7번 국도로 해서 갔다. 가수 장민호의 7번 국도 노래를 연상하면서 여행을 즐겼다. 푸른 바다가 펼쳐지고 운치를 더해 주었다.

들판에는 언제 모내기를 했는지 벌써 벼들이 푸른빛을 띠고 알찬 결실을 기약이라도 한 듯 튼실하게 생육이 되고 있었다. 코로나19로 시외를 벗어나지 못해서 세월의 흐름을 잊고 있었다. 치열한 코로나19와 전투 속에서도 계절은 순항을 하고 있다는 것을 실감할 수 있었다.

차는 11시 18분 영덕터미널에 도착했다. 내리는 사람은 없고 1명이 탑승했다. 오늘 공식 모임은 오후 1시 20분 오찬부터 계획되어 있었다. 나는 교통편 때문에 점심때는 참여할 수 없었다. 그렇지만 혼자 여행을 즐기면서 강릉행 버스에 몸을 싣고 기쁜 마음으로 강릉으로 달려갔다. 이동하는 동안 친구들과 SNS로 소통을 하면서 마음은 벌써 강릉에 가 있었다. 차는 포항종합버스터미널을 떠나 11시 22분에 곧바로 다시 7번 국도를 통해 강릉으로 달렸다.

11시 34분 영해버스터미널에 도착했다. 1명을 탑승시킨 후 곧바로 출발했다.

11시 54번 후포버스터미널에 도착했다. 탑승객이 없어 곧바로 출발했다.

12시 직산버스터미널에 도착하여 정차 후 탑승객이 없어 곧바로 출발했다.

12시 27분 울진종합터미널에 도착했다. 여기서는 6명의 승객이 내리고 3명이 탑승했다. 잠시 쉬었다가 12시 56분에 출발했다.

내가 버스를 타고 가는 가운데 친구들은 강릉 맛집으로 알려진 '서당골 산채식당'에서 '서당골 돌솥 정식'으로 오찬을 하고 있다는 메시지를 전해 왔다. 나는 버스 안에서 집에서 준비한 삶은 계란으로 아점을 먹었다.

친구들은 내가 이동하고 있는 동안 허난설헌 등 강릉시가지 관광을 한다고 했다. 나는 지난해 6월 6일 가보았기 때문에 그때의 추억을 떠올림으로써 마음으로 함께할 수 있었다.

13시 45분에 삼척종합버스터미널에 도착했다. 승하차는 없었고 곧장 출발했다. 삼척에서는 다시 고속도로를 통해 강릉으로 향했다.

14시 8분 동해종합버스터미널에 도착했다. 여기서는 1명이 하차했고 탑승은 없었다. 2분여 정차 후 출발했다. 지난해 큰 산불이 난 곳은 목장처럼 싱그러운 초목을 이루고 변화를 준비하고 있었다.

강원도 산야에는 밤꽃이 한창이었다. 마침내 14시 40분에 강릉시에 진입했다. 잠시 후 14시 45분에 강릉시청을 지났다. 시청이 품격 있게 잘 지어졌다. 곧 이어서 14시 47분에 목적지인 강릉종합버스터미널에 도착해서 차에서 내렸다. 6시간 12분 만에 차에서 내린 것이다. 이동하는 동안 친구들과 소통을 하는 가운데 폰배터리가 고갈 직전에 이르렀다. 친구들에게 도착 소식을 전하고 터미널 내에서 폰 충전을 하면서 기다렸다. 마침내 오후 3시에 친구들 6명이 모두 합류하게 되었다. 곧바로 숙소인 국립 강릉원주대학교 해양과학연구원으로 이동했다.

15시 30분 숙소인 국립강릉원주대학교 해양과학교육원 숙소에 도착했다. 숙소는 바로 바닷가에 인접해 있었다. 숙소에 여장을 풀고 잠시 회의를 한 후 오후 일정을 위하여 주문진 수산시장으로 갔다.

　오늘 회의에서는 회비 운용과 하반기 부부동반 모임 계획, 모임의 활성화 방안을 논의했다. 회비는 일반통장에 있는 5백만 원을 정기예금으로 돌리고, 하반기 모임에서는 유사 40만 원 나머지 회원 각 10만 원, 회비 90만 원 해서 총 200만원 정도를 집행하기로 했다. 모임준비는 유사인 기필이 하고 장소는 함께 고민해 보기로 했다. 앞으로 다양한 이벤트를 마련하는 등 회 발전을 위해 함께 노력하기로 하고 회의는 마쳤다. 그리고 곧바로 주문진 수산시장으로 이동했다. 17시 주문진 수산시장에 도착했다. 식당 예약을 하고 시장 투어를 했다. 코로나19로 사회적 거리를 두고 있는 가운데 주문진 수산시장에는 관광객들로 붐볐다.대부분의 사람들은 무더운 날씨지만 마스크를 착용하는 등 방역수칙을 잘 지키고 있었다. 시장 관광을 하는 중에 유사인 원주강릉대학교 교수로 있는 한수 친구가 가족에게 전해 주라고 이 지역 특산물인 돌미역을 하나씩 선사해 주었다. 주문진 시장에는 '2007년 중견관리자 장기교육' 중에 졸업여행으로 왔고 2008년 1월에 아들과 함께 와 본 곳이라 감회가 새로웠다. 그때는 겨울이라 시장분위기가 역동적이었다. 그래서 삶의 체험현장을 느낄 수 있었다. 여름에는 처음이지만 시원한 바닷바람과 함께 여유를 즐길 수 있어 또 다른 의미를 느낄 수 있었다.

　시장 투어 후에는 시장 내 예약된 '경기까치' 횟집에서 싱싱한 회를 안주로 우정의 잔을 주고받으면서 만찬을 즐겼다. 바다를 바라보면서 한 자리라 더없이 생선회가 신선하고 맛있었다. 만찬 후에는 기분이 한껏 고조된 가운데 주문진항 바닷바람을 쐬면서 산책을 했다. 바다 멀리 수평선이 보이고 고기 잡는 어선이 보였다. 언제나 바다는 역동적이면서도 마음의 평화를 가져다주었다. 이렇게 주문진항에서의 추억을 만들고 저녁 9시 30분경에 숙소에 도착했다. 숙소는 2인 1실로 배정되었다. 숙소는 한수와 기호, 기필과 원달, 영태와 나 해서 묵게 되었다. 세 개의 방 중 우리 방만 온돌이고 다른 방은 침대방이라 우리 방을 자연스럽게 본부로 했다. 본부에서 잠시 소통과 오락의 시간을 갖고 각자의 방으로 갔다. 첫날 여정은 이렇게 마무리했다.

멀리 여행 중이지만 코로나19 상황은 챙겼다. 코로나19 전국 상황은 신규확진자 49명(해외 5, 지역 44)이 발생하여 누적확진자는 12,051명으로 늘었다. 대구도 해외유입 신규확진자 3명이 발생하여 누계 6,891명으로 늘었다. 오늘 6월 13일 코로나19 남구 상황은 신규확진자 0명, 확진자 누계 1,361명(100%), 완치 1,343명(완치율 98.7%), 사망 18명(1.3%)으로 변동이 없었다.검체는 15명으로 일반유증상 8명, 자가격리 해제 4명(해외입국 4), 시설종사자 1명, 신규시설입소자 1명, 산모도우미 1명 등이다.

자가격리자는 총 4,074명으로 4,027명이 해제되고, 47명은 격리 중이다. 이 중 해외입국자가 45명이다. 해외입국자는 내국인 35명, 외국인 10명이다.

〈 2020. 6. 13.(토) 맑음 〉

코로나19 담당자의 고충

우리가 살아가면서 먹고사는 문제보다 더 중요한 것이 무엇이
겠는가?

우리가 바라는 것들이 얼마나 합당한지를 생각해 볼 필요가 있
다.

3일간의 장기재직 휴가 후 첫 출근을 했다. 모든 것 떨쳐버리고
여유를 즐겼지만 왠지 몸은 무겁기만 했다. 잠을 잘못 잤는지 목
이 자유롭지 않았다. 몸살 증상도 있는 듯했다. 그렇지만 직원들
은 코로나19 대응에 여념이 없는데 휴가를 가게 되었기 때문에
감사한 마음으로 정신을 가다듬고 근무에 임했다.

아침부터 무거운 소식이 전해졌다. 자가격리 위반으로 고발된
권*진 아버지(권*준)가 6월 15일에 보건소를 방문해서 관련 공무원
에 대한 응징의 발언을 하고 갔다고 했다. 이는 고발 건에 대한 취

하요구를 들어주지 않았기 때문에 예상했던 것이라 큰 이슈는 아니었다. 이어서 코로나19 담당자에 대한 고충을 들었다. 현재 너무 힘이 들고 건강상 문제로 사표를 내겠다는 것이다. 오늘도 병가를 내고 출근을 하지 않았기 때문에 직접 사정을 듣지는 못했다. 코로나19 대응에 성과를 이루었다는 평가를 받고 있으나 부서장으로서 죄책감이 느껴졌다. 전쟁에서는 누군가의 투철한 사명감과 희생정신이 필요하다. 이에 따른 보상도 반드시 따라야 한다. 이러한 맥락에서 동료직원들과 논의를 했다. 어떤 경우에도 사표는 막아야 한다는 데 의견을 모았다. 그리고 서로 배려하는 마음으로 업무를 나누어서 하기로 했다. 일이 순조롭게 잘 풀릴 수 있을 것이라 확신한다.

오늘은 이승민 과장, 배준영 주무관, 김미화 팀장 퇴임축하 오찬이 있었다. 그리고 오후에는 공무직 노동조합 관계자와 만남의 시간을 가졌다. 많은 부분에 공감을 했다. 앞으로 같은 동료로서 대화를 통해 모든 문제를 풀어나가기로 하고 대화를 마무리했다.

이 자리에는 김재민 민노총 조직국장을 비롯한 우리 보건소 공무직 대표 7명, 나를 비롯한 4명의 집행부 관계자가 참석했다. 그리고 심쌍욱 지부장과 김미렬 노무담당자가 배석했다.저녁에는 우남회 모임이 있었다.

이날 모임은 회원 중 처음으로 공로연수를 가는 이진숙 국장의 격려 자리로 마련되었다. 모두의 바람은 첫째도 둘째도 건강이었다.

코로나19 상황은 전국적으로 신규확진자 59명(해외 8, 지역 51)이 발생하여 누적확진자는 12,257명으로 늘었다. 대구도 해외유입 신규확진자 1명(남구 영국)이 발생하여 확진자는 6,896명으로 늘었다.

코로나19 남구 상황은 영국에서 입국한 사람이 확진으로 판정받아 전체 확진자는 1,362명으로 늘었다. 이 중 완치 1,343명(완치율 98.7%), 격리병원 입원 1명, 사망 18명이다.

오늘 6월 18일(목) 검체는 23명으로 일반유증상 13명, 자가격리 해제 7명(해외입국 7), 신규간병사 2명, 시설입소자 1명 등이다.

자가격리자는 4,093명으로 4,046명이 해제되고, 47명은 격리 중이다. 격리자 47명은 모두 해외입국자다. 해외입국자는 내국인 34명, 외국인 13명이다. 외국인 중 2명은 영남이공대 유학생이다.

한편 코로나 종식을 선언했거나 선언을 하려는 나라들은 슬로베니아, 뉴질랜드, 대만, 베트남 등이다.이들은 처음부터 거리두기와 입국 제한을 철저하게 실천한 나라들이다. 그래서 확진자 수와 사망자 수가 매우 적다. 특히 베트남은 인구가 거의 1억 명이 되는데 지금까지 사망자가 한 명도 나오지 않았다.베트남의 두드러진 점은 거리두기와 봉쇄 조치는 물론이요, 무엇보다 '검사'를 많이 했다는 데 있다.베트남은 지난 4월 기준 확진 1건당 검사 건수가 996.7건으로 대만 147건, 뉴질랜드 123.9건, 한국 57.8건을 크게 앞선다.작은 징후가 있을 때 수시로 점검하는 것이 결국 나라 전체에도 유익이 된다는 것을 볼 수 있다.

〈 2020. 6. 18.(목) 비 〉

코로나19 고진감래의 추억으로

마음은 사랑 안에서만 쉴 수 있다. 나를 사랑해 주는 사람들 안에서만 쉴 수 있다.

그러나 사랑은 내가 먼저 누군가의 마음을 쉬게 해 주는 마음이다. 내가 누군가의 마음의 쉼터가 되어주지 못했다면 누구도 나의 쉼터가 되어줄 수 없다.

오늘은 바깥 날씨를 느끼지 못하고 사무실 내에서 보냈다. 6월 23일에 있을 예산결산 설명 준비를 했던 것이다. 이를 통해 보건소에서 지난해 있었던 중요한 일들을 살펴볼 수 있었다. 주민들의 보건건강을 위해서 정말 필요하고 중요한 역할을 하고 있다는 것을 알 수 있었다. 그리고 중요한 역할을 하는 만큼 각자의 사명감도 필요하다는 것을 깨닫게 되었다. 이러한 조직에 내가 몸을 담을 수 있었다는 것만으로도 자랑스럽게 느껴졌다. 근무하는 동안 그 역할을 다할 것이다. 안타깝게도 이성은 전문관은 오늘도 출근을 하지 못했다. 병원에 진단을 받으러 간다는 소식을 들었다. 별 이상이 없기를 바랄 뿐이다. 늘 건강을 챙기면서 어디서든 자신의 역할을 다하는 훌륭한 공직자가 될 수 있도록 기도 중에 기억할 것이다.

그리고 고진감래苦盡甘來라는 말이 있듯이 코로나19 대응 중에 힘들었던 순간들이 앞으로의 공직생활에 청량제가 되었으면 하는 바람을 가져보았다.

퇴근 후에는 선구회 임원 모임이 있었지만 참석을 못 했다. 전에 모셨던 주군과 함께했다. 세월은 흘렀지만 열정은 여전했다. 권좌에서 물러나면 사람이 그립구나 하는 생각이 들었다. 어쨌든 옛날의 일들을 반추하면서 뜻깊은 시간을 보냈다.

소통 중에 인사소식을 들었다. 공식적이 아니기 때문에 마음으로만 새겼다. 자리까지 정해졌다는 소식을 듣게 되어 어느 정도 정확한 소식처럼 들렸다. 공직을 더 큰 자리에서 마무리할 수 있게 되어 가문의 영광이고 개인적으로도 큰 영광이다. 알려진 대로 보직을 받는다면 정말 기대에 어긋나지 않도록 모든 역량을 불태울 것이다. 어쨌든 오늘은 기분 좋은 하루였다.

코로나19 상황은 전국적으로 신규확진자 49명(해외 17, 지역 32)이 발생하여 누적확진자는 12,306명으로 늘었다. 대구도 신규확진자 6명이 발생하여 누계 6,896명으로 늘었다.

남구는 신규확진자는 없고 확진자 누계 1,362명(100%), 완치 1,343명(완치율 98.7%), 사망 18명(1.3%)이다. 검체는 23명으로 일반유증상 14명, 자가격리 해제 4명(해외입국 4), 신규간병사 4명, 학원 교습소 1명 등이다. 자가격리자는 4,093명으로 4,053명이 해제되고, 40명이 격리 중이다. 격리자는 모두 해외입국자다. 해외입국자는 내국인 29명, 외국인 11명이다. 그중 2명은 영남이공대 유학생이다.

〈 2020. 6. 19.(금) 흐림 〉

코로나19 협업으로 극복

'형제는 나의 거울이다.' 우리는 하루를 살면서 거울을 몇 번이나 볼까? 아침에 일어나서 한 번, 외출하기 전에 한 번, 중요한 사람을 만나러 갈 때 한 번 등 시도 때도 없이 보는 것이 거울이다. 만일 이 세상에 거울이 없다면 어떨까? 자기가 더러운지 그렇지 않은지, 깔끔하게 옷을 잘 입었는지 아무 맵시 없게 옷을 입었는지 가늠하기가 어려울 것이다.

내 옆에 있는 형제는 또 하나의 거울이다. 형제의 모습을 바라보며 그 형제 안에 담겨 있는 '나의 모습'을 바라보아야 한다. 하루에도 수십 번씩 거울에 비친 자기 모습을 보듯이, 형제의 단점과 잘못된 점을 볼 때마다 그 형제의 그럴 수밖에 없는 환경과 처지를 헤아리며 '나'에게도 그러한 면이 있을 수 있다는 생각을 해야 한다. 그들을 거울로 삼으려고 노력하며 '나는 너와 달라.' 라는 생각보다 '나와 너는 크게 다르지 않아.' 라는 생각을 한다면 그들을 좀 더 이해할 수 있을 것이다. 거울이 없으면 외모를 가꾸기가 어렵듯이 형제와 더불어 살지 않으면 자신의 내면을 가꿀 수 없다.

아침 간부회의가 있어서 일찍 출근했다. 오늘 회의는 부서의 주요업무보고와 구청장 당부말씀으로 이루어졌다. 특히 오늘은 익명의 직원으로부터 구청장 앞으로 보낸 편지 소개가 이슈였다.

2년간 열정적으로 구정을 꾸려온 성과, 코로나19에 따른 대처에 감명을 받았다는 등 부서 간 협업을 할 수 있도록 리더로서의 역할이 돋보였다는 것이다. 사연을 듣는 순간 가슴이 뭉클함을 느꼈다. 지시사항으로는 명품남구 건설을 위해 협업과 주민들을 위한 구정가이드 북을 알차게 만들어 줄 것을 당부했다. 공감이 갔고, 주민의 입장에서 알차게 추진할 필요가 있다는 생각이 들었다.

오늘 오찬은 뜻깊은 자리로 만들어졌다. 보건소 공무직, 시간선택, 기간제, 파견 의료진 등 코로나19 현장에서 헌신했던 직원들을 격려하는 자리로 이루어졌다.

이 자리에는 조재구 청장께서 함께하심으로써 더욱 빛났다. 오늘 메뉴는 전복삼계탕이었다. 직원들이 선택한 메뉴라서 더욱 의미가 있었고 직원들 모두가 만족해했다. 특히 구청장께서 참석자들의 이름을 일일이 불러주면서 격려해 주는 모습이 너무 보기 좋았다. 무더운 날씨에 따뜻한 삼계탕이 무더위를 식혀주는 청량제가 되었다. 무더운 날씨지만 동료들의 웃음소리를 들을 수 있어서 새로운 추억을 만드는 하루를 보냈다.

오늘은 내일 의회 2019년 결산 설명이 있어서 곧바로 집으로 왔다. 집에 들어오기 전에 나의 놀이터이자 우리 가족 먹거리를 제공하는 텃밭을 둘러보았다.

방울토마토 한 곳이 시들했다. 한 방 맞은 것처럼 마음이 아팠다. 집에 들어가서 바로 물을 주었다. 그리고 아들이 차려주는 저녁을 먹고 시원한 맥주 한 잔 들이켜면서 하루의 피로를 모두 날려버렸다.

코로나19 상황은 전국적으로 신규 17명(해외 6, 지역 11)이 발생하여 누적확진자는 12,438명으로 늘었다.

대구도 북구에서 신규확진자 1명이 발생하여 6,900명으로 늘었다.

남구는 신규확진자 0명, 확진자 누계1,362명(100%), 완치1,343명(완치율 98.7%), 사망 18명(1.3%)이다.검체는 33명으로 일반유증상 25명, 해외입국자 1명, 산모도우미 1명, 신규간병인 3명, 신규시설종사자 2명, 확진자 접촉 1명 등이다.

자가격리자는 총 4,106명으로 4,063명이 해제되고, 43명은 격리 중이다. 이 중 해외입국자가 40명이다. 해외입국자는 내국인 26명, 외국인 14명이다. 이 중 2명은 영남이공대 유학생이다.

〈 2020. 6. 22.(월) 맑음 〉

마지막은 또 다른 시작이다

"남이 너희에게 해 주기를 바라는 그대로 너희도 남에게 해 주어라." (마태7, 12)

우리는 저마다 어려움과 두려움과 걱정 속에서 살아간다. 또 모두가 죽음을 피할 수 없는 운명을 지녔다. 그러한 세상에서 '나'만 살아 보겠다며 자신에게만 시선을 둔다면, 그것은 다른 사람뿐 아니라 자기 자신도 죽이는 행위가 되고 만다.

'내'가 어렵고, 두렵고, 걱정되는 만큼 다른 사람도 그럴 것이라는 생각으로 그 사람을 대하는 것, 그것이 모두를 살리는 길이다. 우리가 걸어가야 하는 길은 타인을 향하여 마음을 건네는 길이다. 그런 길이야말로 거룩하고 진주처럼 고귀하다.

오늘은 한여름의 낭만을 떠오르게 할 만큼 무더운 날씨였다. 이러한 가운데 공직생활 중에서 마지막이 될 수 있는 의회 2019년도 세입세출결산에 대한 설명이 있었다. 보건소에서는 처음이고 의회 공식적인 발언대에서 마지막 보고가 될 수 있기에 많은 준비를 했다. 직접 업무를 추진하지 않았기 때문에 많은 공부를 했다. 그렇지만 처음 접하는 용어들이 많아서 숙지하기에 다소 어려움이 있었다. 동료직원들이 알차게 준비해 준 자료들을 바탕으로 최선을 다해서 설명하고 질의응답까지 마무리했다. 설명하는 중에 갑자기 숫자가 눈에 들어오지 않아서 당황스럽기도 했다. 잠시 멈칫했지만, 무사히 설명은 마쳤다. 끝이라는 것은 또 다른 시작을 의미한다. 그러기에 우리 삶은 시작의 연속이라고 할 수 있다.

오늘은 의회 일정과 결핵실 기간제 면접 외에는 특별한 일이 없어 여유가 있었다.

기간제 면접에서는 5명이 응시를 했는데 2명은 결시하고 3명이 응시를 했다. 1명은 보건소 근무경력을 비롯한 연륜과 함께 사회적 경험이 많았다. 2명은 올해 갓 졸업한 새내기였다. 한시적이고 일의 특성상 경력을 중시하지 않을 수 없었다.

어떤 시험에서든 합격과 불합격이 있다. 새내기들에게는 더 나은 일자리를 찾아갈 수 있기를 바라는 마음을 전할 수밖에 없었다.

코로나19 상황은 전국적으로 신규확진자 46명(해외 30, 지역 16)이 발생하여 누적확진자는 12,484명으로 늘었다. 대구에서도 달서구에서 카자흐스탄에서 입국한 신규확진자 1명이 발생하여 누계

6,901명으로 늘었다.

남구는 신규확진자 0명, 확진자 누계 1,362명(100%), 완치 1,343명(완치율 98.7%), 격리병원 입원 1명, 사망 18명(1.3%)이다.

검체는 18명으로 일반유증상 7명, 자가격리 해제 5명(해외입국 5), 신규입원환자 1명, 신규간병사 2명, 신규시설입소자 3명 등이다.

자가격리자는 총 4,108명으로 4,063명은 해제되고, 45명은 격리 중이다. 이 중 해외입국자가 42명이다. 해외입국자는 내국인 28명, 외국인 14명이다. 외국인 중 2명은 영남이공대 유학생이다.

〈 2020. 6. 23.(화) 맑음 〉

롤러코스터 공직여정 회상

원하는 것을 이루지 못하는 이유는 그것만을 간절히 원하지 않았기 때문이다.

오늘은 나에게는 큰 기쁨의 선물이 내려졌다. 현재 보직에서 공직을 마무리하려고 했던 것이 사실이다. 그런데 뜻밖의 중책을 맡게 되는 인사발표가 있었다. 오는 7월 1일 자로 6개의 과를 관장하는 주민행복국장으로 보직을 옮기게 된 것이다.

이 자리로 발령나기까지 우여곡절이 많았다는 이야기도 들었다. 코로나19 대응에 따른 보답 차원이라는 야기도 있지만 현장에서 더 없이 많은 고생을 한 동료직원들이 있기에 합당한 것은 아니라고 생각한다. 그리고 지인분이 많은 응원을 해 주셨고 다른 경쟁자들의 불만도 있었다는 것이다. 어쨌든 응원해 주신 모든 분께 감사하는 마음 잊지 않을 것이며, 얼마 남지 않은 공직생활 신명나게 일하면서 보답할 것이다. 그리고 나로 인해 마음이 편치 않은 사람들의 그 심정을 깊이 헤아릴 것이다. 정말 나는 파란만장한 공직생활을 걸어왔다는 생각이 든다. 오뚝이 인생, 롤러코스터를 탄 인생이라고도 할 수 있다. 그러한 가운데도 이 자리에까지 올 수 있었던 것은 가족을 비롯한 지인분들의 성원과 보살핌이 있었기 때문이다. 앞으로 살아가면서 함께해 온 모든 분들에게 보답하고 감사하는 마음을 잊지 않고 모든 역량을 발휘할 것이다.

이렇게 오늘은 감사하는 마음과 송구한 마음이 함께하는 가운데 하루를 보냈다. 코로나19 상황은 전국적으로 신규확진자 39명(해외 12, 지역 27)이 발생하여 누적확진자는 12,602명으로 늘었다. 대구는 신규확진자가 없고, 누계6,903명이다.

남구는 신규확진자 0명, 확진자 누계1,362명(100%), 완치1,344명(완치율 98.7%), 사망 18명(1.3%)이다.

검체는 23명으로 일반유증상 10명, 자가격리 해제 3명(해외입국 3), 신규간병사 6명, 신규시설종사자 2명, 평생학습관 1명, 학원교습소 1명 등이다.

자가격리자는 총 4,116명으로 4,072명은 해제되고, 44명은 격리 중이다. 이 중 해외입국자가 40명이다. 해외입국자는 내국인 28명, 외국인 12명이다. 외국인 중 2명은 영남이공대 유학생이다.

〈 2020. 6. 26.(금) 맑음 〉